http://www.editions-micmac.com

Sophie Laroche

Sauve… qui peut !

Éditions [MiC_MaC]

Collection dirigée par Guillaume Widmann

Bibliographie de l'auteur

Le Livre qu'il ne faut surtout, surtout, surtout pas lire !
Editions [MiC_MaC]

Le Carnet de Grauku, Editions [MiC_MaC]

A paraître :

Mon beau-père est un agent secret, Editions [MiC_MaC]

Illustration de Couverture : Clod (http://clodv.free.fr)

ISBN : 978-2-917460-13-9

Ce livre est tout particulièrement dédié à Alfred, Cindy, Chirina, Estelle, Gwenaël, Kévin, Koli, Korka, Lester, Lina, Mikaël et à Delphine Castagné, leur enthousiaste et enthousiasmante enseignante.

Une idée…

– Allô…

– Koh Lanta ? Fort Boyard ? Secret Story ? Je continue ou t'as pigé de quoi je veux te parler ?

– Attends une seconde… Tu m'appelles à trois heures du matin pour me parler des émissions de téléréalité ? T'es fou ou quoi ? Je te rappelle quand même que je suis patron de chaîne, ce serait grave si je ne connaissais pas les programmes de mes concurrents… Même en pleine nuit !

– J't'appelle pas pour te parler des émissions des autres, mais de la tienne. De celle qui va faire de ta chaîne la chaîne la plus connue au monde.

– Une seconde, cher producteur. Au milieu de la nuit, il vaudrait mieux qu'elle soit bonne, ton idée. Sinon, tu peux commencer à écrire ta lettre de démission en raccrochant, je la veux demain sur mon bureau à la première heure.

– Les enfants ! C'est ça le secret ! Une émission de téléréalité qui met en scène des enfants. Des gosses du monde entier. Seul impératif bien sûr, qu'ils parlent français. Des petits parisiens, des Antillais, des Africains, des Tahitiens, même !

– OK. Et t'en fais quoi de tes gosses ?

– Je les embarque dans un lieu incroyable, style île de Robinson…

– Ouais, Koh Lanta, quoi…

– Je leur fais passer toute une série d'épreuves…

– Fort Boyard, je disais… Elle est où, l'originalité ?

– Et dans le lot, je découvre CELUI qui sera le grand héros du futur. Le plus fort, le plus brave, le plus futé…

– Là, tu commences à m’intéresser un peu plus… Mais ça va pas être gnan gnan, style colonie de vacances ? Le téléspectateur risque de s’ennuyer à mourir…

– Oui, sauf si tout ne se passe pas comme prévu…

– Eh, tu penses un peu aux gamins qu’on va embarquer dans cette histoire ?

– Non, je pense surtout aux millions qu’on va gagner en publicité, en produits dérivés, etc., etc.

– Tu me rassures ! Passe à mon bureau demain matin, qu’on signe le contrat ! Mais la prochaine fois que t’as une idée de génie comme ça, appelle plus tôt.

– C’est que je viens juste d’éteindre ma télé…

Chapitre 1

Quand il sera grand, Jules sauvera l'humanité. Ou peut-être carrément la planète, il ne sait pas encore. Si jamais ce n'est pas lui, ce sera peut-être Kévin, son voisin assis près du hublot qui joue sur sa console de jeux portable.

Peut-être que l'espèce humaine ne devra sa survie qu'à l'une de ces deux filles, Korka et Margot ? Enfin, il faudrait pour ça qu'elles se taisent un peu ! Elles papotent sans arrêt depuis qu'elles se sont assises côte à côte dans l'avion.

Et si… Et si « Le Héros de Demain », c'était ce garçon aux cheveux si roux, Matthieu ? Oui, celui qui a le mal de l'air et qui a vomi trois fois déjà depuis le décollage !

En tout cas, le « super-futur héros que le monde entier attend » est dans cet avion. Jules le sait. Pas parce qu'il lit dans l'avenir. Pas non plus parce qu'ils sont tous super-intelligents ou méga sportifs. (Matthieu par exemple est vraiment gros, et Jules se dit qu'il ne doit pas être très fort en gym.) Pas enfin parce qu'ils sont très écologistes, du genre qui pensent toujours à éteindre la lumière en sortant de leur chambre pour économiser de l'électricité ou qui ne laissent jamais couler l'eau pendant qu'ils se brossent les dents.

Non, rien de tout ça.

En fait, ils ne se connaissent même pas.

Ils ne savent des uns et des autres que leur prénom sur un badge, épinglé sur leur T-shirt.

Chacun de ces enfants est susceptible de sauver le monde tout simplement parce qu'il a été sélectionné pour participer à la nouvelle émission de téléréalité « Sauve… qui peut ! ».

Dans les quarante-neuf pays au monde qui parlent français, la chaîne de télévision Distr'Action a organisé un grand casting. Elle a reçu plus de trois millions de dossiers de candidature. Elle n'a fait passer aucune épreuve sportive, aucun test écrit. Sur un simple entretien, les concepteurs de ce nouveau programme ont choisi cent enfants, ceux qui ont embarqué dans l'avion ce matin.

Sur trois millions, cent enfants.

Jules n'est ni super-fort ni super-crâneur. Il a juste été sélectionné. Il se peut qu'il sauve le monde et, en tout cas, il va passer à la télé.

« *J'ouvre ou j'ouvre pas ?* » Depuis une demi-heure au moins, Élie n'a qu'une idée en tête : dans le casier au-dessus de sa tête, il y a son grand sac en toile. Dans ce sac, il y a « quelques-provisions-au-cas-où-mon-chéri » que lui a achetées sa mère avant de partir. Et dans le lot, un paquet de biscuits croquants cœur chocolat fondant. Hum ! Chocolat fondant… Le petit-déjeuner est loin, l'arrivée aussi peut-être. En plus, le règlement de l'émission est très strict : « LES CONCURRENTS N'ONT LE DROIT D'AMENER AUCUNE NOURRITURE SUR L'ÎLE ». Il ne pourra pas s'en garder pour les jours à venir. « *Foutu règlement* », se dit Élie qui éclate soudainement de rire. Il vient de repenser à une autre règle fondamentale du jeu : « IL EST INTERDIT DE PRONONCER LE MOINDRE GROS MOT, ET CELA QUELLES QUE SOIENT LES CIRCONSTANCES, PENDANT TOUTE LA DURÉE DU JEU. TOUT CONTREVENANT SERA IMMÉDIATEMENT EXCLU. » *« Je devrais dire "Et merde !", ouvrir mes biscuits, m'en bâfrer en répétant : "La vache, que ces saloperies de biscuits sont bons ! " »*

– Qu'est-ce qui t'arrive ? lui demande, étonnée, sa voisine.

Elle s'appelle Lina. C'est en tout cas ce qu'annonce le badge qu'elle porte. Manque de chance pour Élie, depuis le départ, la fille est aussi muette qu'une carpe. En général, Élie n'aime pas les filles qui papotent tout le temps, comme ces deux filles quelques rangs devant. Mais toute cette histoire d'émission l'impressionne et il aurait sans doute moins peur s'il pouvait parler un peu.

– Oh, rien, rien ! répond Élie qui n'a pas envie de raconter sa blague à sa voisine, elle n'a pas l'air du genre rigolote. Il n'a pas envie non plus qu'elle replonge dans son bouquin en silence. Alors il se lève, fouille dans son sac et en extrait le paquet de biscuits. Ça te dirait, Lina, un biscuit croquant cœur chocolat fondant ?

La fille ferme son livre et lui adresse un grand sourire. Elle a de grands yeux bleus, une bouche fine et des cheveux tout bouclés.

– Si tu veux, je te passe d'abord un de mes sandwichs, propose Lina. Ma mère m'en a préparé dix ! Elle m'a dit que je pouvais tenir pendant un voyage de dix heures si je les mangeais régulièrement.

– Un par heure, elle est organisée, ta mère !

Un voile sombre passe dans le regard de Lina et, un instant, Élie a peur de l'avoir vexée. Oh non, elle va se taire de nouveau !

– Oh, c'est pas ça, explique Lina, gênée. C'est juste que… je n'ai pas beaucoup d'appétit.

– Tant mieux, comme ça, tu n'avaleras pas tous mes biscuits !

« *Je suis vraiment trop bête*, se reproche immédiatement Élie. *Elle va me prendre pour un égoïste et me lais-*

ser mourir d'ennui dans mon coin ». Mais le garçon s'est inquiété en vain. Lina sourit et s'empare du paquet :

– Chiche que je fais le tour de l'avion pour les distribuer ?

– Essaie et je te fais avaler tes sandwichs les uns après les autres !

Hum, le gâteau est encore meilleur en vrai que dans ses rêves. La bouche pleine, Lina et lui continuent pourtant de discuter. C'est peut-être mal élevé mais ils servent quand même d'exemple : un peu partout dans les rangées, les enfants se lèvent, farfouillent dans leur sac.

Il paraît que dans quelques années, un de ces enfants sauvera le monde. Mais pour l'instant, tous s'empiffrent de bon cœur ! À part Matthieu bien entendu, mais vous avez bien compris pourquoi…

Chapitre 2

La pause déjeuner improvisée par Élie a bien détendu l'atmosphère. Désormais, les voix de Korka et Margot sont noyées dans le brouhaha. C'est le temps des présentations. Certains enfants viennent de très loin, comme ces deux garçons arrivés de Nouvelle Calédonie. Beaucoup sont français, belges ou suisses. Ajoutez à tout cela quelques Canadiens : même si tous parlent français, il y a beaucoup d'accents à bord. Les enfants s'agitent dans tous les sens, se passent les paquets de bonbons et les canettes de soda. Du coup, pas un ne remarque les lumières « Attachez vos ceintures » qui clignotent. Enfin si, il y en a un qui les voit. Il faut dire qu'il n'est pas occupé à manger parce qu'il a l'estomac retourné et qu'il attend l'atterrissage depuis la seconde où l'avion a quitté le tarmac.

– Eh les gars ! On descend ! Enfin ! s'exclame Matthieu. On commence à descendre ! Ouf ! Enfin ! Enf... oups !

Le garçon saisit une fois de plus un sac en papier devant lui. La nouvelle se répand comme une traînée de poudre. Non, pas que Matthieu a dégobillé une fois de plus ! Ça, on a l'habitude... Mais qu'on atterrit.

C'est super ! Mais on atterrit où ?

– Une île, c'est une île ! Waouh, comme elle est belle !

– Je vois rien, moi !

– Vous avez vu les plages ?

– La mer ! Je vois que la mer... moi !

Et oui, l'île en question ne se voit que par les hublots des rangées de gauche. Pour les passagers de droite, c'est grand bleu à perte de vue. Du coup, les quelques super-obéissants qui s'étaient rassis en voyant les lumières clignoter se relèvent, et tout le monde s'entasse sur les fauteuils de gauche pour apercevoir son petit coin de paradis. On ne distingue pas encore bien le paysage une plage de sable blanc. Sur la gauche, dans un ciel sans le moindre nuage se dessine une montagne.

– C'est un volcan ! crie un enfant noir.

– Comment tu le sais ? lui demande son voisin.

– Parce qu'il y en a de pareil chez moi, à la Réunion.

Le garçon — « Azolan » annonce son badge — semble sûr de lui :

– Je vous assure les gars, quand on vit à côté d'un volcan, on sait les reconnaître, même de loin.

– C'est vrai que le sommet est large, comme un cratère, constate Lina. La terre est noire. Il a raison.

Élie détourne les yeux de l'île pour examiner une fois de plus sa voisine. *Il a fallu que je tombe sur l'encyclopédie sur pattes, c'est bien ma veine !* Bof, après tout, peu importe : une fois sur l'île, ils vivront chacun l'aventure dans leur coin. Et puis… Et puis… C'est peut-être une intello mais elle est sympa quand même.

Jules est content que la destination soit proche. Lui non plus n'est pas tombé sur un voisin très bavard et quand Kévin s'est enfin mis à parler, c'était sans décoller les yeux de sa console. Au moins maintenant, Jules discute avec d'autres candidats. Il est aussi pressé de voir les installations, de poser son sac sur son lit, de visiter les douches même !

À l'avant, les animateurs s'agitent. Ce sont eux qui ont accueilli les enfants à l'aéroport. Ils ont l'air sympas, ces animateurs. Ils portent tous le même blouson, avec dans le dos un grand logo « Sauve… qui peut ! ». Eux aussi ont un badge avec leur prénom affiché et, quand un enfant leur pose une question, ils répondent toujours très gentiment. La porte du cockpit s'ouvre et un homme en uniforme vient leur parler. Matthieu, qui ne respirera qu'une fois qu'ils auront atterri, ne perd pas une miette de la scène. Il n'entend pas ce que l'homme annonce aux animateurs, mais aux airs effrayés qu'ils affichent soudainement, il comprend que ce n'est pas une bonne nouvelle. L'homme prend un des micros des hôtesses de l'air.

– Mesdames, Messieurs. Enfin, les enfants ! Je suis le commandant Sam Aphole, copilote de cet avion. Nous avons un petit souci de… de…

L'homme peut prendre le temps de chercher l'expression exacte à employer, parce que plus personne ne l'écoute. Partout, ce sont des cris d'angoisse :

– On va se scratcher !

– Y z'arrivent pas à sortir le train d'atterrissage, je sais, je l'ai déjà vu dans un film !

– Et alors, ils mouraient tous à la fin ? demande Élie au garçon qui vient de parler

– Ben non, les héros s'en sortaient.

– Alors pas de souci, on est tous des héros !

Lina sourit. Décidément, son voisin est un drôle de numéro. Finalement, le copilote semble avoir trouvé son explication. Ou le moyen de l'annoncer sans semer la panique.

– Les enfants, c'est simple : la piste aménagée dans la seule prairie de l'île n'est pas assez longue. Au mieux, on peut se poser mais on ne redécollera pas. Au pire, on s'écrase au bout.

Le copilote a sorti sa phrase d'une traite, sans reprendre son souffle, pour être sûr d'être écouté jusqu'au bout. À peine ferme-t-il la bouche que les questions fusent :

– Alors on rentre ?

– Mais l'émission ?

– Ça avait l'air cool cette île, c'est quoi ?

Le copilote tapote sur le micro pour se faire entendre, tousse légèrement, sans succès. Alors il finit par hurler :

– Silence !

Et comme il est à bout, qu'il a sans doute un peu peur lui aussi, il ajoute même :

– Silence… bordel !

Ce qui n'est absolument pas convenable devant des enfants, vous en conviendrez. Même à bord d'un avion sur le point de s'écraser. Seulement, ces enfants n'ont pas envie de mettre ce brave homme plus en colère, parce qu'il se trouve qu'il est le copilote, et que dans la situation actuelle particulièrement, il peut encore servir…

C'est donc devant une assistance très très sage et très très silencieuse que le copilote finit son discours :

– Nous avons contacté par radio la direction de l'émission. Ils proposent, afin que nous ne prenions aucun risque, de vous parachuter au-dessus de l'île.

Chapitre 3

Parachutés au-dessus de l'île… Ils sont complètement dingues, les producteurs de cette émission ! Cette fois, l'annonce du copilote n'est pas suivie de commentaires en tout genre. Chacun ingurgite la nouvelle. Il n'y a que Matthieu qui, forcément, ne la digère pas :

– Vraiment, vous voulez ma peau ! Je comprends maintenant pourquoi je suis malade depuis le début : ces types ne savent pas piloter, c'est du gros délire !

– On saute pas en parachute comme ça, faut une hauteur minimum. En plus, ça s'apprend, hasarde Jules.

– Il aurait fallu qu'on s'entraîne un minimum, ose une fille derrière Élie.

– Sauf que… (C'est Lina qui a parlé, et son ton mystérieux intrigue Élie)

– Sauf que quoi ?

– Sauf qu'on est des futurs héros, non ? On doit savoir improviser.

Élie ne sait pas si Lina blague ou non et il n'a pas le temps de lui demander. Un animateur profite de la remarque de Lina pour renchérir :

– Vous savez tous pourquoi vous êtes dans cet avion. Vous avez été sélectionnés pour « Sauve… qui peut » parce que vous avez tous été jugés capables de devenir le grand héros de demain. Mais la sélection va être rude, vous le savez déjà. Les dirigeants de l'émission que nous avons joints par radio ont été très clairs : ne sauteront en parachute que ceux qui l'acceptent vraiment, on ne doit forcer personne. À vous de choisir votre destin ! Soyez quand même rassurés. L'avion est équipé de parachutes à ouverture automatique. Ils peuvent être utilisés à partir de huit cent cinquante mètres d'altitude. À cette hauteur, ça ne sera pas dur de viser la plage et de ne pas rater sa cible !

L'animateur qui s'adresse à eux avec tant d'emphase s'appelle Léo. C'est ce qu'on peut lire sur son badge. Sur son visage en revanche, on ne lit pas si la situation l'inquiète ou si, au contraire, elle l'excite.

– Nous avons discuté entre animateurs, nous allons aussi tous sauter en parachute. Mais les hôtesses de l'air prendront soin de ceux qui veulent rester à bord de l'appareil. À vous de réfléchir. Vous avez dix minutes.

Quelle horreur, on se croirait en pleine guerre... Élie n'est pas certain que cette aventure soit une bonne idée. Il va sauter, c'est sûr, mais il s'en serait bien passé.

– Monsieur, j'ai une question ! se lance Jules.

– Tu peux m'appeler Léo, tu sais.

L'animateur a parlé sur un ton très doux, qui tranche avec celui de son discours, et chacun des enfants apprécie.

– J'veux pas passer pour... pour... (Pour quoi, Jules ne sait pas bien le dire en fait.) C'est juste que je me demande comment on va faire pour nos affaires. Est-ce qu'on va devoir faire toute l'aventure sans nos sacs, puisque l'avion n'atterrit pas ? Ils sont dans la soute, on peut pas les récupérer.

Jules n'est pas très fier de lui. À tous les coups, il va se faire une réputation de chochotte qui ne sait pas dormir sans son ours en peluche. Certains enfants ont haussé les épaules en entendant sa question, d'autres au contraire ont eu l'air de partager son inquiétude.

– Ta question est très pertinente, le rassure Léo dans un sourire. Figure-toi que par un hasard tout à fait heureux, vos bagages ont été embarqués dans un plus petit avion, celui qui amenait le Grand Consul sur l'île. Cet avion a pu, lui, se poser et repartir.

Léo leur explique ensuite la procédure. Pas un enfant ne pense à lui demander qui est ce « Grand Consul ». Pour l'instant, la priorité, c'est de débarquer ! Apparemment, l'équipe d'animateurs avait été bien préparée : ils savent exactement ce qu'il faut faire. Ils miment les instructions que Léo énonce au micro. Les hôtesses de l'air commencent la distribution des parachutes. Ce sont des petits sacs à dos, mais sans poches. Où Kévin va-t-il bien pouvoir ranger sa console de jeu ? Le garçon, qui ne porte qu'un T-shirt et un short sans poches, ne se démonte pas. Il la cale dans son caleçon. À la guerre comme à la guerre !

– L'avion va voler à mille mètres d'altitude, explique Léo qui semble s'être improvisé chef des animateurs. Quand vous sautez, votre parachute s'ouvre automatiquement. Il est de petite taille, vous ne vous empêtrerez pas dedans. On va vous lâcher sur une plage très longue où la couche de sable est particulièrement, comment dire… onctueuse. Vous ne devriez pas vous faire mal. Pensez juste à plier les jambes !

Léo marque un temps d'arrêt, comme si la mauvaise nouvelle à annoncer arrivait seulement maintenant :

– Bon… Il faut maintenant que nous sachions qui saute et qui ne saute pas. Si vous renoncez, allez voir Zoé.

Ouf, ce n'était que ça ! Élie a eu peur un instant qu'on annonce qu'il manquait des parachutes. Il veut bien être héroïque, mais pas plus que les autres non plus ! Deux rangs devant, un certain Lucas pousse aussi un grand soupir de soulagement. Lui a vraiment eu peur qu'on les force tous à sauter. À voir le groupe qui se forme très vite autour de Zoé, jolie animatrice rousse aux yeux verts, il n'est pas le seul à être rassuré.

Tout le temps des explications, l'avion a effectué des survols de la plage. Un peu comme dans ces films d'aviation que Matthieu adore (enfin adorait, avant son baptême de l'air !) où les avions passent et repassent au-dessus des porte-avions. De nouveau, la voix du copilote retentit :

– Nous ne pouvons pas nous permettre de rester plus longtemps au-dessus de l'île, il faut procéder au largage. (L'homme marque un temps d'arrêt.) Bonne chan… Euh… Bonne émission les enfants ! conclut-il d'un ton faussement enjoué.

Léo a expliqué que les sauts s'effectueraient depuis l'arrière de l'avion, par une seule porte, « afin d'éviter les collisions ». Les enfants se rangent donc dans l'allée, parachute sur le dos. Plus un ne parle. À cet instant précis, les plus courageux d'entre eux, ceux qui iront jusqu'à la finale, le futur grand gagnant lui-même, tous ont les intestins noués. Sur les trois premières rangées de l'avion, quinze enfants sont eux aussi plongés dans le silence. Ceux-là n'ont pas peur, ils ont juste un peu honte de ne pas avoir osé. Pour eux, l'aventure est terminée.

C'est une fille qui saute en premier. Les suivants aperçoivent son parachute qui s'ouvre, puis sa galipette quand elle tombe sur le sable. Rassuré, le deuxième se lance, puis le troisième, puis le quatrième… Quand son tour arrive, Élie a juste le temps d'admirer ces jolies tâches colorées. Vu de l'avion, le tableau semble inversé : le ciel est couleur sable blanc, la terre est bleue. *C'est fou*, se dit Élie, *ils ont vraiment tout prévu : les parachutes portent tous en grand le logo de l'émission, comme sur les T-shirts des animateurs.*

Un présentateur

– Je te promets, il n'y a pas un présentateur connu qui veut se lancer !

– Tu les as tous appelés ?

– Pas un qui ait dit oui !

– Ils font la star ? Il faut que ce soit moi, le patron de la chaîne, qui les appelle en direct, c'est ça ?

– Non, c'est même pas ça, ils ne veulent pas, je te dis.

– Tu leur as parlé de l'île de rêve, des super-conditions…

– Oui, bien sûr, mais ça n'a rien changé. Je crois qu'ils ont peur.

– Peur de quoi ? Des serpents ou des coups de soleil ? Tu me fais rire !

– Peur des enfants… De ne pas savoir s'imposer. Des « poil aux dents » et des poissons d'avril collés dans le dos.

– En même temps, je les comprends (Silence). Débrouille-toi comme tu veux, tu produis cette émission, tu dois me trouver un présentateur !

– T'inquiète pas, j'ai notre perle rare…

Chapitre 4

C'est incroyable, pas un enfant ne s'est blessé en sautant. Bon, certains se sont empêtrés dans leur parachute, d'autres ont avalé du sable. Il y a bien une fille — « Sophie » annonce son badge — qui boite un peu en se relevant. Un animateur s'approche d'elle :

– Ça va, tu t'es fait mal ? Parce que si c'est le cas, tu dois arrêter l'aventure tout de suite, le règlement est très clair là-dessus.

Sophie ne répond pas mais étrangement, elle ne boite plus du tout !

Les animateurs regroupent les candidats près d'une cahute construite juste à la lisière entre la plage et les premiers palmiers. Les pieds des enfants s'enfoncent dans un sable blanc comme la neige, mais chaud comme la braise. Quelques parachutistes en herbe commentent encore leur exploit mais ils sont peu nombreux. La plupart des candidats sont béats devant le spectacle qui s'offre à eux. Cette île, c'est… le paradis sur terre. Sable cotonneux, mer bleu azur, palmiers aux larges feuilles vertes… Des paysages pareils, ils n'en avaient vu… qu'en fond d'écran d'ordinateur ! Seuls quelques-uns semblent à l'aise dans un tel décor.

– T'as vu leur tête ? demande une certaine « Kanelle » à son voisin.

– On voit qu'ils sont de la métropole ! s'amuse le garçon.

À ses cheveux noirs très raides qui lui tombent sur les épaules, ses yeux noisette légèrement bridés, Kanelle devine qu'il ne vient pas des Antilles, comme elle. En effet, le garçon, qui s'appelle Teiki, habite Tahiti. C'est le seul enfant de son île sélectionné pour l'aventure. C'est pourquoi dès l'aéroport, il a sympathisé avec Kanelle. Lui, a reconnu à sa couleur de peau « café au lait », à ses cheveux noués en dreadlocks, mais surtout à son accent qu'elle venait des Antilles.

Les Antilles, ce n'est pas Tahiti. Les Antillais ne ressemblent pas physiquement aux Tahitiens, ils ne mangent pas la même cuisine. Mais Teiki se sent quand même bien plus proche de Kanelle que des parisiens.

– Où est-ce que tu crois qu'on est ? demande la jeune fille.

– Je sais pas, mais pas chez moi en tout cas, affirme Teiki. Ce n'est pas une île de Polynésie.

– Ce n'est pas non plus les Antilles, assure Kanelle.

– Eh, normal les gars, c'est Koh Lanta !

Les deux enfants haussent les épaules en se tournant pour voir qui est venu se mêler à leur conversation. C'est le garçon qui a vomi pendant tout le voyage, Matthieu. Il a l'air heureux de… ne plus être dans les airs justement !

– Waouh, c'est trop cool, non ? Vous vivez vraiment dans des endroits comme ça ?

– Ouais.

– Alors vous allez à la plage à la sortie de l'école ? Vous vous baignez ?

– Ou…

– NON !

Surprise, Kanelle regarde son nouvel ami : qu'est-ce qui lui a pris de lui couper la parole comme ça ? Le garçon lui adresse un sourire complice et s'explique :

– On peut pas se baigner après l'école. À cette heure-là, les requins ont faim. Ils traînent pas loin du bord. Il faut attendre la fin d'après-midi, quand ils sont repartis plus au large. Avant, c'est trop dangereux.

– Des requins, bazar ! s'exclame Matthieu. Et vous croyez qu'ici… enfin, vous voyez ce que je peux dire.

– Oh, tu peux parler à haute voix tu sais, le rassure Kanelle. S'il y a des requins, ils ne t'entendront pas !

Teiki éclate de rire. OK, les Antilles, ce n'est pas Tahiti, mais on y a aussi le sens de l'humour ! Kanelle, fière de son effet, culpabilise quand même un peu quand Matthieu s'éloigne en maugréant.

– Reste, Matthieu ! le rappelle-t-elle. On arrête. On fait les malins, mais on frimerait pas si on se retrouvait dans le métro parisien.

– Moi non plus, concède sans rancune le garçon. Je viens d'une petite ville du nord. Wimereux, ça s'appelle. C'est aussi au bord de la mer, et j'ai jamais non plus mis les pieds à Paris, à part pour prendre cet avion de…

Là, Matthieu balancerait bien le plus gros gros mot qu'il connaît, mais il se souvient à temps que le règlement l'interdit :

– Cet avion tord-boyaux ! lâche-t-il enfin.

Kanelle et Teiki rigolent de nouveau. Mais cette fois, avec leur nouveau copain. Le trio rejoint le groupe étrangement silencieux.

En s'approchant, ils comprennent les raisons de ce calme. Sur le seuil de la cahute se tient un étrange personnage. Sur sa droite, s'est formé un petit groupe de huit enfants aux mines renfrognées. Deux d'entre eux pleurent doucement. Sur sa gauche se sont regroupés les animateurs. Ils se tiennent un peu à distance de l'homme, comme si eux aussi étaient impressionnés. Il faut dire qu'il y a de quoi… Ce type les dépasse tous au moins d'une tête. Il porte un pantalon et une chemise de treillis. On dirait un militaire. Sauf que ses vêtements ne sont pas verts mais bleu turquoise et blancs. Avec un grand S rouge cousu dans le dos. Le plus surprenant, ce sont sans doute ses rangers bleu turquoise, presque fluos. Une chose est certaine : le personnage n'a pas l'air commode. Sa simple présence a paralysé l'assistance et c'est dans un silence parfait qu'il commence à parler :

– BIENVENUE SUR L'ÎLE DE LA SÉLECTION, LES ENFANTS !

Bienvenue ? Vraiment ? On ne le croirait pas… L'homme s'exprime d'une voix forte et grave qui figerait sur place tous les candidats s'ils ne l'étaient pas déjà. Même les deux qui pleuraient semblent retenir leurs larmes !

– JE SUIS LE GRAND CONSUL.

Si vous le dites… Pas un candidat ne sait ce qu'est un Grand Consul… Mais pas un n'a envie de poser la question !

– JE REPRÉSENTE LA RÈGLE. JE DONNE LES INSTRUCTIONS, JE VEILLE AU BON DÉROULEMENT DES ÉPREUVES, JE M'ASSURE QUE LE RÈGLEMENT EST BIEN RESPECTÉ. ET EN CAS DE MANQUEMENT…

Un long sourire fin s'affiche sur son visage jusqu'alors impassible, mais il n'a rien de rassurant, au contraire !

– … EN CAS DE MANQUEMENT, JE PRONONCE LA SANCTION : RENVOI IMMÉDIAT !

L'homme se tourne alors vers le petit groupe d'enfants à sa droite :

– RÈGLE NUMÉRO UN : IL EST INTERDIT DE PRONONCER LE MOINDRE GROS MOT ! CHACUN D'ENTRE VOUS EN A

PRONONCÉ UN LORS DE L'ATTERRISSAGE, VOUS ÊTES DONC EXCLUS.

Une fille du groupe, plus courageuse — ou inconsciente ! — que les autres, avance d'un pas :

– Monsieur… balbutie-t-elle. Monsieur le grand Conseil… Euh je veux dire Grand Consul ! (La pauvre s'emmêle complètement les pinceaux.) Je crois que nous avons tous dit ces gros mots… presque par réflexe… On s'est empêtrés dans nos parachutes en atterrissant. Ce n'était pas volontaire.

Elle défend aussi ses camarades, et pas seulement ses intérêts, elle est cool… se dit Lina, bien à l'abri dans le grand groupe.

– LA RÈGLE EST LA RÈGLE. (L'homme a tranché sans sourciller. Il ajoute en fusillant du regard cette fois-ci la pauvre fille déjà tétanisée) « CE N'ÉTAIT PAS… VOLONTAIRE », DÎTES-VOUS ? ET VOUS VOUS ÊTES IMAGINÉE SAUVANT LE MONDE SANS VOLONTÉ ? (Détournant les yeux, il ajoute) QU'ILS PARTENT !

Le Grand Consul n'a pas eu besoin de se répéter ! Tout de suite, deux des animateurs se sont empressés d'emmener le petit groupe. L'homme poursuit maintenant son allocution sur un ton plus neutre :

– JE SUIS CHARGÉ AU NOM DE LA PRODUCTION DE L'ÉMISSION DE VOUS PRÉSENTER TOUTES NOS EXCUSES POUR L'ATTERRISSAGE EN URGENCE. VOUS ALLEZ POUVOIR VOUS INSTALLER TRANQUILLEMENT DANS VOS HUTTES MAINTENANT. DERNIÈRE INFO : QUINZE ABANDONS DANS L'AVION, HUIT EXCLUSIONS POUR MANQUEMENT À LA PREMIÈRE RÈGLE, VOUS ÊTES DÉSORMAIS SOIXANTE-DIX-SEPT.

Le Grand Consul marque un temps d'arrêt. Puis, comme ces types qui vantent les marques de shampoing dans les publicités, il s’exclame d’une voix faussement joyeuse :

– UN SEUL EST LE HÉROS DE DEMAIN !

Chapitre 5

Sans ajouter un mot, le Grand Consul s'est retourné. D'un pas assuré, sa silhouette s'est enfoncée dans la forêt. C'est seulement quand il s'est vraiment éloigné que les langues commencent à se délier.

– Dites donc, on va pas se marrer tous les jours ! s'exclame Élie.

– Tu parles, il m'a vraiment collé les chocottes, lui répond son voisin.

Il a la peau dorée, des yeux noirs et un sourire… argenté, pour cause d'appareil dentaire. Il parle avec un accent arabe assez prononcé :

– Salut… (Le garçon déchiffre le nom sur le badge de son voisin.) Élie, c'est ça ? Moi, c'est Amir ! Enfin je suis bozoï : tu le sais, c'est marqué sur mon badge ! Je suis marocain, je viens de Casablanca.

– Ça veut dire quoi, « bozoï » ? demande Lina qui a suivi toute la conversation.

Amir lui adresse un grand sourire étincelant :

– « Bozoï », ça veut dire… un mot que je ne peux pas prononcer mais qui commence par la lettre « c » et finit par la lettre « n ».

– C'est de l'arabe ? questionne Lina, visiblement intéressée par le sujet.

– Non, c'est du Amir ! lui rétorque, fier de lui, le garçon. À la maison, quand on a lu le règlement de l'émission, mon père a rigolé. Il m'a dit qu'à la vitesse où je sortais les gros mots, je n'avais aucune chance de rester. Alors pour pas être viré direct, je me suis entraîné à remplacer tous les gros mots par… des petits mots ! D'où

« bozoï »…Mon père a été mon entraîneur de nouveaux gros mots, c'était trop *ouf* !

– Waouh, c'est une super-idée, reconnaît Élie. C'est rigolo en plus, « bozoï ». T'en as inventé d'autres ?

– Oui, y'a « malouf », « chrolaf », « plim », mais je peux pas te dire ce qu'ils remplacent.

– En tout cas, tranche Lina, ton idée, elle est pas bozoï du tout !

Les deux garçons éclatent de rire.

– Dites les gars, poursuit Lina, vous voulez pas qu'on s'installe ensemble dans la même hutte ?

Élie croit voir son nouvel ami rougir un peu :

– Tu penses que les garçons peuvent se mettre avec les filles ?

– J'espère bien, lui répond Lina.

Pas de doute ce coup-ci, Amir rougit vraiment : Élie en est certain.

– Allez, on y va ! tranche le garçon, sinon on n'aura plus de places !

– La place ne devrait pas être un problème, vu qu'ils en ont déjà viré vingt-trois, calcule Amir, alors que le trio s'enfonce à son tour dans la forêt.

Le contraste avec la plage est saisissant. La végétation, très dense, empêche le soleil de percer et les enfants se retrouvent soudainement dans la pénombre. Heureusement, plusieurs chemins de terre évitent aux candidats de se débattre avec les branches ou les racines. Au bout de quelques minutes, des cris d'admiration proviennent de la tête du cortège :

– Trop beau !

– Trop cool !

Du coup, tout le monde presse le pas, et rapidement, tous les candidats découvrent le petit village de huttes qui a suscité tant d'admiration. Les cabanons sont en bois, sans fenêtres mais avec une large porte arrondie en haut. Jules, toujours pressé de s'installer, entre le premier dans la quatrième hutte sur la gauche. Il y compte dix lits… Dix hamacs plutôt. Jules ne voit pas bien. Sur le coup, il a l'impression que ce sont des hamacs… superposés ! Mais ce n'est pas possible. Il passe nerveusement la main dans ses cheveux, secouant par tic sa brosse blonde. Quand ses yeux se sont bien adaptés, il comprend mieux le système : les lits ne sont pas tous à la même hauteur. Quatre sont accessibles sans problème du sol. Les autres sont tous attachés à une échelle de corde fixée au toit. Deux étagères de quatre planches chacune sont adossées aux murs. Au fond, Jules découvre avec horreur la seule décoration du lieu : une grande affiche qui représente le Grand Consul avec en fond le logo de l'émission « Sauve… qui peut ! ». En haut, cette phrase que ce bonhomme effrayant semble répéter : UN SEUL EST LE HÉROS DE DEMAIN !

– Trop sympa la déco !

Jules sursaute et se retourne pour voir qui a parlé. Réflexe idiot, il ne connaît personne ici !

– Salut, nous, c'est Amir, Lina et Élie. Il reste de la place ?

– Oui, je crois qu'il n'y a que moi pour l'instant ! Je m'appelle Jules.

– Salut Jules ! lui répond en chœur le trio.

Élie attrape une des échelles de corde et grimpe dans le hamac qui est attaché. Il s'allonge :

– Yo ! Trop cool les mecs ! C'est vraiment la grande…

La grande quoi ? Personne ne le saura ! Élie, qui voulait faire le malin devant ses nouveaux copains, s'est balancé un peu trop fort et le voilà deux mètres plus bas, le nez dans la terre ! D'abord, personne n'ose réagir. Puis quand le garçon se relève en rouspétant, le visage plein de poussière, tous éclatent de rire.

– Bande de… (Élie se retient à la dernière minute. Il ne faudrait pas qu'en plus, il se fasse virer : il s'est déjà pris la honte, ça suffit ! Alors beau joueur, il se retourne vers Amir.) Bande de quoi, au fait ?

– Bande de chrolafs, répond Amir, sur un ton professoral.

– « Chrolafs », c'est noté, conclut Lina.

Un instant, Jules se dit qu'il est chez les fous. Élie remarque sa tête hébétée et lui explique alors l'astuce d'Amir pour ne pas prononcer de gros mots. Jules aussi est tout de suite emballé par l'idée.

– Si on allait chercher nos sacs, propose le garçon.

– Bonne idée, lui répond Lina.

Les quatre enfants retrouvent le grand soleil. Les mains sur les yeux en visière, ils remarquent un attroupement des candidats près d'un gros tas de sacs. En s'y rendant, ils croisent plusieurs enfants qui portent une casquette avec un grand S dessus, comme sur les T-shirts des animateurs.

– C'est les animateurs qui nous les ont filées en nous donnant nos sacs ! leur lance l'un d'eux.

Et le petit groupe récupère en effet les sacs et les casquettes. De l'endroit où les bagages ont été déposés, ils entendent de nouveau de grands cris de surprise. Alors ils vont vite déposer leurs affaires dans leur hutte, histoire que personne ne prenne leur place, et retournent vers cet endroit apparemment étonnant. Et en effet, quel spectacle !

Un nouveau sentier dans la forêt les conduit à une grande cascade. Sur une dizaine de mètres de hauteur environ, l'eau tombe dans une crique où se baignent déjà quelques enfants. Mais ce qui est vraiment étonnant, c'est cette façon dont le liquide s'écrase sur la roche et rebondit en fin de chute. Un gros rocher semble fendre l'eau en trois : une partie tombe dans la crique, deux autres de chaque côté de la pierre.

– C'est fou ! leur dit Korka, l'une des deux pipelettes que Jules avait repérées dans l'avion. Ce gros rocher, il est comme creusé de chaque côté, du coup, ça fait deux douches naturelles… En plus, on peut pas voir ceux qui sont dessous ! Ils auraient voulu faire des douches filles et des douches garçons, ils n'auraient pas fait mieux !

– Bien vu, la félicite Zoé, une des animatrices. Nous allons faire un côté « garçons », un côté « filles », comme ça vous pourrez vous laver en toute tranquillité.

– Au fait, on a le droit de se baigner ? hasarde Lina.

– Bien sûr ! lui répond la jeune femme. Tu as le droit de faire ce que tu veux, tant que ce n'est pas interdit par le règlement.

Les enfants retournent à la hutte pour se changer vite fait. Korka et son inséparable Margot les suivent :

– Dites, y'a encore de la place chez vous ? demande Margot.

Ou plus exactement, « y'a encoreu de la placeu ? ».

NON ! a très envie de leur répondre Jules qui craint déjà les bavardages toute la nuit. Mais le garçon se tait. Ils y trouvent Kanelle, Teiki et Matthieu, en train eux aussi de s'installer. Azolan, « l'encyclopédie volcanique », a également élu domicile dans cette hutte. Une fois les présentations faites, « l'équipe de la quatrième hutte sur la gauche » retourne vite se jeter à l'eau. Ils grimpent sur le rocher pour plonger. C'est franchement haut, c'est vraiment impressionnant (moi, je sais que ça m'aurait collé une sacrée trouille !), mais pas pour ceux-là, qui ont sauté en parachute deux heures plus tôt.

Chapitre 6

Bien lové dans son hamac, Matthieu savoure ce moment magique. Il ne rêve pas : il est bien sur une île paradisiaque au cœur d'une aventure extraordinaire. Bon, sa peau de roux ne supporte pas franchement le soleil, et il sent bien qu'il a déjà un peu brûlé. Mais pour le reste, ce n'est que du bonheur ! Hier soir, il a enfin pu se réconcilier avec son estomac, en dégustant les meilleurs fruits qu'il n'ait jamais goûtés de sa vie. Avec sa nouvelle bande de copains, il a franchement bien rigolé. Dommage qu'ils ne puissent pas tous rester là jusqu'au bout !

Matthieu est sorti de sa rêverie par les animateurs. Ils viennent apporter du lait et du pain pour le petit-déjeuner. C'est bizarre de ne pas manger à table, mais c'est aussi très cool de ne pas avoir à serrer les coudes ou à se tenir bien droit sur sa chaise ! Léo et sa bande pressent les candidats : le Grand Consul les attend « sous la gloriette ».

– C'est quoi une gloriette ? interroge Élie.

– C'est comme un petit abri, mais un truc joli, lui explique Lina. On en voit dans les parcs souvent.

La « gloriette » qui abrite le Grand Consul n'a rien de joli. C'est tout simplement une hutte à laquelle on aurait enlevé les murs. L'homme, toujours en treillis turquoise, les accueille un grand sourire aux lèvres :

– ENFIN ! JE ME RÉJOUIS QUE LE JEU COMMENCE ! CERTES, LA SÉLECTION S'EST FAITE… UN PEU NATURELLEMENT DÈS HIER ! MAIS AUJOURD'HUI, VOUS ALLEZ POUVOIR NOUS MONTRER CE QUE VOUS AVEZ VRAIMENT DANS LE VENTRE, HÉROS DE DEMAIN !

L'homme est entouré des animateurs qui se sont installés en arc de cercle autour de lui, renforçant — comme si c'était nécessaire ! — l'impression d'invincibilité qu'il dégage.

– VOUS ÊTES DÉSORMAIS TOUS BIEN INSTALLÉS DANS VOS HUTTES, ON M'A RAPPORTÉ QUE VOUS AVIEZ MÊME IMPROVISÉ DES DOUCHES, JE VOUS EN FÉLICITE. (Tout en parlant, le Grand Consul adresse un large sourire à Korka qui sent ses joues chauffer malgré elle sous le compliment.) VOUS AVEZ AUSSI PU APPRÉCIER LA RICHESSE EN FRUITS DE NOTRE ENVIRONNEMENT. JE VOUS RASSURE, NOUS SOMMES VENUS AVEC MOULT VICTUAILLES, VOUS NE MANQUEREZ DE RIEN ! PASSONS MAINTENANT AUX CHOSES SÉRIEUSES…

Pendant une demi-heure, le Grand Consul parle sans jamais reprendre son souffle. Il a l'air increvable ! Il faut dire que lui au moins, il est à l'ombre… Il explique aux enfants qu'ils participeront à des épreuves tous les trois jours. Ils sauront la veille quelle « qualité de héros » est censée être testée, mais ils n'auront pas plus de détails à l'avance sur l'épreuve elle-même. Entre deux épreuves, ils auront juste « À VIVRE EN COMMUNAUTÉ SUR L'ÎLE, À PROFITER DE CE CADRE MERVEILLEUX… TOUT EN RESPECTANT LE RÈGLEMENT ». Plus d'un frissonne à l'évocation de ce terrible règlement qui a renvoyé huit de leurs camarades à peine le pied posé ! Quand il leur propose de poser des questions, un seul se décide : Azolan est un garçon plus curieux que peureux, et ce volcan l'intrigue depuis qu'ils sont arrivés sur l'île :

– Dites-moi, Monsieur le Grand Consul, le volcan ici ne ressemble pas à ceux de l'île de la Réunion. Nous sommes quelques-uns à venir des îles ici (À ces mots, Teiki et Kanelle se dressent sur la pointe des pieds, comme pour appuyer les propos de leur copain), mais pas un ne reconnaît son archipel. Où est-ce qu'on est ?

Le Grand Consul semble enchanté de cette première question. *Quel gros con puant !* pense Élie. À cet instant précis, l'homme se tourne vers lui et le fusille du regard. *On dirait qu'il lit dans les pensées !* s'effraie le garçon. Le Grand Consul, lui, sourit de nouveau à l'assemblée :

– C'EST NORMAL, LES ENFANTS, QUE PAS UN DE VOUS NE RECONNAISSE CET ENDROIT. NOUS SOMMES INSTALLÉS SUR UNE DES RARES ÎLES ENCORE INCONNUES. ELLE NE FIGURE SUR AUCUNE CARTE MARITIME. C'EST UNE TERRE NOUVELLE !

Quelques « waouh », « cool » et autres synonymes s'échappent du groupe. Mais Azolan, lui, ne semble pas satisfait de la réponse :

– Comment une île, avec un volcan en plus, peut avoir échappé aux satellites ? Avec leurs engins, les Américains voient depuis leurs écrans de New York un rebelle qui allume sa cigarette dans le désert d'Irak. Alors une île complète, c'est pas possible !

Amir pouffe de rire. Le Grand Consul ne semble pas se démonter :

– TOUT EST POSSIBLE. IL EST IMPORTANT DE LE CROIRE, SURTOUT SI ON DOIT UN JOUR ÊTRE CELUI QUI SAUVERA LE MONDE !

Cette fois, même Azolan semble convaincu par la réponse du Grand Consul.

– AVEZ-VOUS D'AUTRES QUESTIONS ?

Moi j'en ai une !

Très facilement, Élie, Jules et toute la bande repèrent le garçon qui a parlé. Normal, c'est un très grand gaillard qui dépasse tout le monde. Il est très musclé, ses yeux vert émeraude contrastent avec ses épais cheveux noirs. Ses longues mèches caressent le tatouage qu'il porte en haut de l'épaule gauche. Le garçon semble habitué à être regardé. Mieux encore, il apprécie, attendant que tout le monde l'ait bien repéré pour poser sa fameuse question.

– Bonjour Monsieur le Grand Consul… Permettez-moi d'abord de me présenter : je me prénomme Ryan. Oui, c'est américain, c'est parce que mes parents, qui sont pourtant des *frenchies*, vivent aux *States*. (Il a prononcé les deux mots avec l'accent anglais d'une vache espagnole qui mâcherait du chewing-gum, américain peut-être.) Mon père y a fait fortune… Mais, excusez-moi de vous faire perdre votre précieux temps…

Quel lèche-bottes ! Pas besoin de commenter, Lina voit tout de suite aux regards de ses copains qu'ils partagent son opinion. Élie hausse les yeux, Matthieu grimace, Amir, lui, pouffe de nouveau ! Ryan, absolument pas décontenancé, poursuit :

– Je voulais simplement savoir (« Simplement » ? Là, Amir se marre franchement !) quand les caméramans allaient commencer à nous filmer ? Quand l'émission commence-t-elle vraiment ?

Ryan joint le geste à la parole et, tout en posant sa question, il replace ses cheveux sur ses épaules. Le Grand Consul ne semble pas impressionné par tout ce cinéma :

– IL N'Y A PAS DE CAMERAMANS, COMME VOUS LE DITES JEUNE HOMME. MAIS JE VOUS RASSURE : VOUS ÊTES FILMÉS ET REGARDÉS ! (Ryan est sans doute le seul à ne pas comprendre que l'homme se moque de lui. Ce grand bidasse fluo semble du coup bien plus sympathique à Élie !) DES SUPER-TECHNICIENS ONT ÉQUIPÉ L'ÎLE AVANT VOTRE ARRIVÉE. VOUS ÊTES FILMÉS PARTOUT.

– Quand on se douche ?

– Quand on dort ?

– Quand on se déshabille ?

Visiblement, cette idée dérange certains candidats, sans doute plus pudiques que les autres.

– BIEN SÛR QUE NON ! les rassure d'un ton mielleux le Grand Consul. IL N'Y A AUCUNE CAMÉRA DE L'ÉMISSION DANS LES HUTTES, PAS PLUS QUE DANS LES DOUCHES OU LES TOILETTES. MAIS LE RESTE DU TEMPS, LE MONDE ENTIER PEUT ADMIRER VOS EXPLOITS !

Quel crâneur ce Ryan ! À la dernière remarque du Grand Consul, il redresse les épaules, comme s'il voulait être certain qu'on ne le manque pas.

– SI VOUS N'AVEZ PAS D'AUTRES QUESTIONS, JE VOUS PROPOSE DE COMMENCER VRAIMENT LE JEU. LES ANIMATEURS VONT VOUS EXPLIQUER L'ORGANISATION. MOI JE VOUS RETROUVE DANS UNE HEURE SUR LA PLAGE.

Chapitre 7

« L'organisation », comme l'a annoncée le Grand Consul, est en fait très simple à mettre en place : les enfants doivent se répartir en équipes.

– Les épreuves sont individuelles, puisque nous cherchons un seul héros, leur explique Léo. Si on vous met par équipe, c'est simplement pour faciliter l'organisation des épreuves. C'est pourquoi nous vous avons répartis en fonction de vos huttes. Il faudrait juste que vous choisissiez un nom pour qu'on s'y retrouve tous mieux. Il y a huit huttes, ça fera huit équipes.

– Sauf que c'est pas logique ! l'interrompt Kanelle.

– Ah oui, et pourquoi ? lui demande l'animateur visiblement intrigué.

– Parce qu'il va y avoir des équipes avec plein de monde, et d'autres avec presque personne. Normal, y'en a déjà eu vingt-trois de virés, il y a des huttes presque vides !

– Elle a raison, murmure Élie à Lina.

– C'est pire que ça, lui chuchote la jeune fille. Si tu fais le compte, il n'y a que huit huttes, avec dix lits chacun. Ça fait…

– Quatre-vingts places ! Et mer…

– Eh, fais gaffe !

Oh la ! Matthieu, qui a suivi toute la conversation, a rattrapé Élie à temps. Quand ils ont appris qu'il y avait des caméras partout, les enfants ont compris comment les gros mots des candidats avaient été entendus la veille sur la plage. Pas question de se faire virer pour une conn… pour une bêtise !

– Eh… ça alors ! se reprend Élie. Ils avaient prévu que vingt d'entre nous n'iraient pas jusqu'au premier soir.

– Qu'est-ce que ça va être quand on va commencer les épreuves ! s'inquiète Jules. Moi, j'ai pas envie de partir, on vient de s'installer !

– Nous non plus !

– Au fait Amir, comment on dit… ce qu'Élie a failli dire, dans ta langue ?

– Ah ça ? Oui, forcément super-important ! (Le garçon est ravi de partager sa trouvaille avec ses copains. C'est ça, l'esprit d'équipe !) Donc, "M", c'est Plim.

– Plim ?

– Plim !

– Ça me plaît, « plim » !

– À moi aussi.

– Et est-ce qu'on dit aussi « Je suis dans la plim » ?

– C'est le « plim » non ? (Lina a parlé d'un ton très sérieux, quasi encyclopédique. Devant la mine surprise de ses copains, elle éclate de rire.) Je vous ai bien eus !

– Eh là-bas, vous m'écoutez ? Quel est le nom de votre équipe ?

L'animateur rappelle brusquement la petite troupe à l'ordre. À son sourire, ils sont rassurés : il n'a pas entendu leur conversation. En même temps, compter les lits et inventer des mots, il n'y a rien de mal à ça. Franchement.

– Alors Amir, comment on s'appelle, nous ? demande, amusé, Teiki.

– Nous, nous sommes les… Zapataux. Attention, précise le garçon. On dit un Zapatail, des Zapataux.

Le nom plaît même à l'animateur, qui rit en l'entendant. Eh, sans crâner, c'est quand même plus original que « les Tigres », « les Fantastiques » et autres « Invincibles » choisis par les autres équipes.

Les « Invincibles » ne ressemblent d'ailleurs plus beaucoup à leur nom quand le Grand Consul leur annonce que c'est leur équipe qui inaugure la première épreuve.

ÉPREUVE NUMÉRO UN : LE 110 MÈTRES-ARBRES ! LA PREMIÈRE QUALITÉ QUE NOUS AVONS CHOISI DE TESTER, C'EST L'AGILITÉ, leur annonce l'homme. CERTAINS D'ENTRE VOUS ONT PEUT-ÊTRE DÉJÀ FAIT DE L'ACCROBRANCHE. VOUS SAVEZ, C'EST CETTE NOUVELLE ACTIVITÉ OÙ ON SE PROMÈNE AUX SOMMETS DES ARBRES. EH BIEN JE VOUS PROPOSE UN PARCOURS QUI FERA PÂLIR D'ENVIE TOUS LES SPECTATEURS DE NOTRE ÉMISSION ! LA RÈGLE EST SIMPLE : IL FAUT ARRIVER DE L'AUTRE CÔTÉ SANS POSER LE PIED AU SOL. VOUS POUVEZ UTILISER LES BRANCHES, LES LIANES, TOUT CE QUE VOUS VOULEZ.

– Excusez-moi Monsieur le Grand Consul.

Pas un Zapatail ne connaît la fille qui a parlé.

– Est-ce qu'on va porter un baudrier ? Parce que quand j'ai fait de l'accrobranche avec mes parents, on était attachés.

– DITES-MOI JEUNE FILLE, AVEZ-VOUS DÉJÀ VU SPIDERMAN OU SUPERMAN SE DÉPLACER AVEC UN BAUDRIER ? ironise le Grand Consul.

– Il est vraiment drôle des fois, reconnaît Élie à voix basse.

– Y A-T-IL D'AUTRES QUESTIONS ? demande le Grand Consul d'un ton à la fois provocateur et amusé.

Ce n'est sûrement pas la pauvre fille, au teint maintenant cramoisi, qui va se risquer à poser une autre question !

– ALORS ALLONS-Y !

Les enfants partent derrière le Grand Consul à la découverte de ce parcours d'accrobranche si exceptionnel. Sans même s'être passé le mot, ils se sont regroupés selon leurs équipes. Chacune a un animateur qui l'escorte. C'est Willy qui marche avec les Zapataux. C'est un grand noir… *qui est top méga classe !* pense Korka. Mais elle n'oserait pas le dire aux autres, même pas à Margot à qui elle a pourtant déjà confié plein de secrets !

Le Grand Consul marche d'un pas vif pendant une dizaine de minutes. Les branches des arbres, les lianes et autres buissons de plus en plus nombreux ne semblent pas le ralentir. Mais derrière, enfants et animateurs s'essoufflent à tenter de suivre son rythme ! Enfin il s'arrête.

– WILLY !

– Oui ?

– TU PEUX FAIRE LA DÉMONSTRATION ?

– Avec plaisir, Grand Consul !

Korka trépigne : elle va voir son héros à l'œuvre. Waouh, il ne la déçoit pas ! Avec beaucoup de souplesse et de force à la fois, l'animateur se saisit de la première branche, se hisse et se balance d'une branche à l'autre. Il est tellement fort qu'il lui arrive même de ne pas se saisir du branchage le plus proche de lui pour se jeter directement sur le suivant, au risque de plonger dans le vide. *Encore un crâneur,* se dit Jules. Et, à voir la bouche béate d'admiration de Korka, ça marche… En un clin d'œil, l'animateur est arrivé au bout du parcours, matérialisé par une grande bannière de l'émission qui pend à un grand arbre.

– À VOUS DE JOUER, HÉROS DE DEMAIN ! LES INVINCIBLES, À L'ASSAUT !

Les « Invincibles » se regardent : qui va oser se lancer ?… Finalement, c'est une fille qui ouvre la danse ! Après quelques hésitations, elle prend ses repères et, au bout d'une minute à peine, elle semble se balader. Son aisance rassure ses coéquipiers qui se lancent à leur tour. Ils n'ont pas tous sa souplesse, et deux d'entre eux se rattrapent de justesse une fois ou deux. Mais tous arrivent au bout.

Les « Tigres » se lancent à leur tour. Mais ils n'ont pas dû tous sortir leurs griffes : deux d'entre eux glissent et s'écrasent au sol, heureusement sans se blesser. Dans les deux équipes qui suivent, deux enfants tombent à chaque fois, sous l'œil effrayé de ceux qui ne sont pas encore passés. L'exercice n'est finalement pas si simple que ça !

– Si encore ils tombaient tous au même endroit, on pourrait faire gaffe ! murmure Azolan à Matthieu.

Une animatrice qui l'a entendu fronce les sourcils.

– Eh, « Gaffe », c'est pas un gros mot ! proteste Azolan.

– C'est vrai, lui accorde l'animatrice en lâchant un sourire.

– Matthieu, fais bien attention. Tu vas y arriver, j'en suis sûre.

Pourquoi Lina encourage-t-elle Matthieu et pas les autres ? Ce n'est vraiment pas cool ! Azolan veut lui poser la question quand…

– LES ZAPA… ZAPATAUX ? QUEL DRÔLE DE NOM ! ALLEZ LES ZAPATAUX, C'EST À VOUS !

C'est Élie qui ouvre la marche, suivi de près par Jules et Amir. Un à un, les Zapataux se lancent de branche en branche. Kanelle manque une liane mais se rattrape heureusement de justesse. Matthieu et Lina s'élancent en dernier. La jeune fille a l'air plus inquiète pour son copain que pour elle. Elle le suit de près et lui conseille parfois de prendre la liane de gauche plutôt que la branche de droite, et vice et versa. Personne n'entend ce qu'ils se racontent mais tout le monde a remarqué leur manège. Après tout, le règlement n'interdit pas de parler pendant les épreuves ou d'aider un camarade. Enfin ils s'approchent du gros arbre où Willy réceptionne les candidats. Lina commence à se détendre : ouf, toute son équipe va y arriver !

– Tu vois, c'est bon : je n'ai plus le mal de l'air ! lui lance en rigolant Matthieu.

– T'es vraiment trop bozoï ! lui rétorque Lina.

Mais sa réponse se noie dans le grand " crac " qui a suivi la blague de Matthieu. La branche sur laquelle le garçon venait de prendre appui a cédé. Surpris, il ne réagit pas assez vite et s'écrase au sol. Lina, d'abord pétrifiée, se met à hurler :

– Matthieu ? Matthieu !!! Ça va ? Ça va ???

– Ouais ouais, je crois que ça va, articule difficilement le garçon en se relevant.

– Et… plim ! Un zapatail en moins…

Amir semble vraiment désolé. Azolan, lui, fronce les sourcils.

– Qu'est-ce que t'as, Az' ? le questionne Élie.

– Lina… Lina, elle savait que Matthieu allait se planter. (Se retournant vers Lina, Azolan insiste.) Pourquoi tu lui as dit comme ça de faire attention ? Comment tu savais que ce serait lui qui se ferait virer ?

Lina rougit :

– Chais pas… Un pressentiment. Peut-être parce qu'il avait été malade en avion.

– Tu crois qu'il a eu le vertige ? insiste Korka apparemment convaincue.

Élie, lui, est beaucoup plus sceptique :

– Attends Lina, on m'en raconte pas à moi ! Qu'est-ce que t'as derrière la tête ?

C'était possible de rougir plus encore ?

– Lina, pourquoi t'avais peur pour moi ?

Matthieu a parlé d'une voix toute douce qui tranche avec le ton d'Élie. Il secoue tout le sable pris dans ses mèches rousses.

– Je me trompe peut-être… C'est idiot, mais… Tu vois Matthieu, t'es… comment dire…

Bon alors, elle le crache son scoop ? Pourquoi faut toujours que les filles en rajoutent ? se demandent tous les garçons. Matthieu y compris…

– Bon, je me trompe peut-être. Mais tous ceux qui sont tombés étaient… étaient plus gros que les autres, voilà ! Attends Matthieu, je dis pas que t'es trop gros, c'est pas ça !

– Mais si, c'est ça. (Matthieu ne semble pas vraiment vexé.) Lina a raison, regardez les autres éliminés. Ce sont pas des poids plume !

– Je trouve ça bizarre, comme si c'était fait exprès.

– Tu délires ! rétorque Jules. Ils sont moins sportifs que les autres, c'est tout.

– Moi, je suis sportif, balbutie Matthieu, plutôt gêné cette fois. Et regarde, y'en a qui sont plus gros que moi et qui ont réussi.

– Une seule, *a priori*, calcule vite Élie. S'ils ont vraiment voulu virer les gros, c'est dé… C'est vraiment une bande de chrolafs.

– « Chrolaf » ? C'est le dernier mot d'Amir que je vais apprendre alors ?

Matthieu lutte pour retenir ses larmes.

Cette drôle de conversation est interrompue par des gloussements de paon. Ce n'est que Ryan qui vient de finir sa traversée de branches en branches.

– Quel crâneur ce type, regardez le faire le coq ! Il sait au moins que les animaux de basse-cour volent pas, ils sont incapables de se poser sur un arbre ?

Une fois encore, Amir fait mouche. Tous ses copains rigolent.

– Tu vois, conclut Jules, elle tient pas la route ta théorie, Lina. S'ils avaient prévu de faire tomber les gros, Ryan ne serait pas passé.

Là, c'est Jules que tous regardent comme s'il était tombé sur la tête à la place de Matthieu.

– Ben oui ! Ryan est peut-être tout en muscles, mais il doit bien faire le même poids que Matthieu et les autres éliminés. Je crois que vous vous prenez la tête pour rien, les gars. C'est le principe de l'émission : les meilleurs restent.

Lina n'a pas envie de relancer la discussion. Il faut que Matthieu digère sa défaite, ce n'est pas la peine d'en rajouter. Son copain a l'air si triste. Mais la jeune fille est persuadée d'un truc : au final, sept enfants ont été éliminés par l'accrobranche. Et ils sont tous... plutôt gros. Une épreuve soi-disant d'agilité qui élimine tous les enfants en surpoids, c'est un drôle de hasard.

« Sauve qui peut ! » **Fiche candidat N° 245608.**

Casting : France métropolitaine
Prénom : Matthieu
Nom : Campagnol
Signe particulier : vrai roux, en surpoids, mal de mer, on peut imaginer que ce sera la même chose en avion. (Penser à mettre une caméra près de lui pour images fortes.)
Avis du jury : ne devrait pas passer la première épreuve. Fort capital sympathie, son départ devrait affecter ses camarades.

Chapitre 8

Depuis le départ de Matthieu, deux jours plus tôt, personne n'a plus prononcé son nom. Oh, pas parce que les Zapataux ont déjà oublié leur copain. Ou parce que la suggestion de Lina les a mis mal à l'aise. Non, ils ne parlaient plus de leur ami simplement pour ne pas être à leur tour éliminés.

– RÈGLE N°4 : TOUT CANDIDAT QUI PRONONCERA LE PRÉNOM D'UN CANDIDAT ÉLIMINÉ SERA IMMÉDIATEMENT ÉLIMINÉ À SON TOUR.

Sur le coup, ça les a un peu frustrés. Leur copain était visiblement très déçu en partant et ils en avaient tous gros sur le cœur. Même s'ils n'ont pas eu le temps de bien le connaître, tous trouvaient Matthieu très sympa. Mais ils ont fini par ravaler leur peine. Il faut dire que la production de l'émission a mis le paquet pour que les enfants pensent vite à autre chose. La prochaine épreuve aura lieu demain, et en attendant, les enfants ont quartier libre sur l'île.

Récré vingt-quatre heures sur vingt-quatre. Pas d'heure de coucher, pas d'heure de lever.

Bains de mer, plongeons dans la cascade.

Parties de foot sur le sable, bavardages à l'ombre des palmiers.

La belle vie, quoi !

Les animateurs proposent parfois quelques activités. Zoé a débarqué hier matin dans le village de huttes avec un grand sac en tissu très bariolé. À l'intérieur, une multitude de fils en coton de toutes les couleurs. Depuis, la belle rousse aux yeux verts enchaîne les ateliers de tressage et presque toutes les filles portent maintenant aux poignets de jolis bracelets colorés. Presque toutes… parce que Margot a dû renoncer. Ses fils s'emmêlaient bien plus autour de ses doigts qu'entre eux !

– Pas grave ! lance la jeune fille sur un ton faussement joyeux. Je préfère m'éclater au foot avec les garçons. Si j'avais su, je seraie partie sur le volcan. Au moins, je me serais bien défoulée !

En effet, un groupe est parti explorer le sommet du volcan avec Willy. Au programme, une nuit à la belle étoile et plusieurs heures de montée. Azolan et Korka font partie du groupe. Azolan était curieux de voir ce volcan de près. Korka, elle, était ravie de voir Willy de près pendant deux jours et une nuit…

À l'instant où Margot part vers la plage, Lina quitte l'ombre du palmier où elle tresse un quatrième bracelet. Elle attrape sa copine par le bras :

– Tiens Margot, c'est pour toi !

Puis Lina lâche le bras de son amie pour terminer le nœud du lien de son dernier bracelet. Il est encore plus large et chatoyant que les précédents et, tout émue, Margot se laisse nouer le cadeau autour du poignet.

– Lina, c'est… c'est trop sympa. T'es sûre que tu veux pas le garder ? Il est encore plus beau que ceux que t'avais déjà faits.

– Justement ! Ça me fait plaisir de te l'offrir.

– Dis-moi Lina… T'es toujours aussi gentille avec tout le monde ?

Une fois encore, Lina rougit sans répondre.

– Ben… en tout cas merci !

Margot contemple le bracelet, persuadée que si elle en avait fait un aussi beau, jamais elle ne l'aurait donné !

– Je peux vous apporter mon jean ? J'ai un trou au genou !

C'est ce grand idiot de Ryan qui vient une fois de plus se moquer des filles.

– Salut Cinkazéro, c'est plutôt à la place du cerveau que t'as un trou ! lui rétorque Margot. Tiens, tu devrais demander quelques fils à Zoé, tu pourrais te tresser une cage de buts que t'arriverais à défendre !

La jeune fille fait allusion à la pâtée qu'elle a mise au garçon ce matin quand ils jouaient au foot sur la plage. Ryan a encaissé cinq buts de Margot en dix minutes à peine. Ce qui lui a valu d'être rebaptisé « Cinkazéro » par Amir. Le goal aux buts percés n'en demande pas plus et part, en tapant rageusement du pied dans le sable.

Le soir, Élie est ravi d'apprendre que ce grand crâneur s'est fait humilier par une fille. Comme pour chaque repas, les enfants sont venus se servir dans les grandes marmites apportées par les animateurs. En plus, au menu du soir, saucisses et boudins au barbecue. Kanelle répète à qui veut l'entendre que ces boudins antillais sont bien meilleurs que ceux que prépare sa mère.

– Eh, c'est pas sympa pour ta mère ! la charrie Jules.

– C'est vrai mais… c'est vrai ! Franchement, dans ma famille, on n'a aucun talent.

Une fois encore, le dessert est composé uniquement de fruits. Mais il y en a une telle variété, tous plus surprenants et goûteux les uns que les autres, que personne ne s'en lasse.

– Alors, chc volchan, chétait comment ?

– Eh Jules, on t'a pas appris à pas parler la bouche pleine ? (Amir a parlé d'un ton tellement sérieux que pendant quelques secondes, personne n'ose réagir.) Eh les gars, je blague !

– Arrête Amir, parvient enfin à articuler Jules qui a avalé sa bouchée. Mes frères me charrient avec ça tout le temps.

– *Tes* frères ? questionne Margot. T'en as combien ?

– Quatre.

– Waouh, vous êtes cinq garçons…

– Et cinq filles !

– Dix enfants ! Ça doit être un sacré boxon…

– ATTENTION !

– Eh, « boxon », c'est pas un gros mot ! s'insurge Élie.

– Je confirme !

Pas un Zapatail n'a entendu Willy approcher et, pour une fois, Korka n'est pas la seule à se retrouver bouche bée devant lui.

– Alors, ce volcan, c'était comment ? reprend enfin Lina.

– Super… c'était super…

Korka a toujours les yeux fixés sur Willy et ses copains ne sont pas certains qu'elle parle du volcan !

– Super ! confirme Azolan, avec des arguments beaucoup plus scientifiques cette fois… Vous savez, les cratères des volcans éteints sont bouchés, on y trouve souvent de l'eau. Là, on voyait même pas le fond. P'têt que ce volcan est toujours actif !

– Dis pas de bozoïerie ! s'exclame Amir très naturellement.

Mais ce nouveau mot fait une fois encore rire ses copains. Seuls Willy, qui n'a pas compris, et Lina ont gardé leur sérieux :

– Tu crois qu'il peut y avoir une éruption volcanique ? s'inquiète-t-elle.

– Non, ils auraient jamais emmené des enfants dans un coin dangereux, la rassure Élie en posant son bras sur son épaule.

– La seule éruption à craindre, c'est l'acné sur la tronche de Ryan ! pouffe Amir.

Cette fois, même Willy a du mal à retenir son rire.

La bozoï attitude

– Attends, tu me refais pas un coup pareil !

– On a des images magnifiques, de quoi tu te plains ?

– T'es gentil, toi ! Comme ton émission, tiens ! Tu crois qu'on va tenir des spectateurs en haleine avec des gamins qui se baignent et qui tressent des bracelets. T'es vraiment trop… bozoï, tiens !

– Eh, fallait quand même bien que les gosses se reposent un peu, qu'ils profitent. Ça rend le tout plus crédible, non ?

– Ouais, tes vacances sous les cocotiers, on en a tiré à peine une séance de dix minutes. Et encore, grâce à cette bande de Zapataux et à leur comique de service, le petit Amir. Faudrait d'ailleurs voir avec ses parents s'ils ont déposé le mot « bozoï », ou si on peut encore le faire. On fera imprimer des T-shirts, ça va cartonner. En attendant, finies les journées club de vacances.

– Mais c'est le règlement !

– J'te rappelle que c'est nous qui l'avons fait, ce règlement. On cherche un super-héros, pas un futur animateur de colo. Alors tu me boostes tout ça. Pigé ?

– Pigé…

– Au fait, comment se fait-il qu'une gamine aussi grosse ait quand même réussi l'épreuve d'accrobranche ?

– Je t'avais dit, en prenant des enfants, on s'exposait forcément à de mauvaises surprises…

Chapitre 9

Déjà là ? Franchement, les enfants n'étaient pas impatients de retrouver le Grand Consul. Et le jeu. Les Zapataux ont tous le ventre noué : ils doivent réussir cette épreuve. Oh, pas parce qu'ils rêvent d'être le futur héros de demain. (Quoique… Élie s'y voit bien !) Non, ils ne veulent pas être éliminés simplement pour ne pas quitter ce petit coin de paradis.

Dès son arrivée, le Grand Consul les replonge dans l'ambiance de la compétition :

– BONJOUR LES ENFANTS ! RAVI DE VOUS RETROUVER… (*On ne peut pas en dire autant…*) MÊME SI VOUS ÊTES MOINS NOMBREUX QUE LORSQUE JE VOUS AI LAISSÉS ! LE RÈGLEMENT A ENCORE FAIT QUELQUES VICTIMES. (*Quel sourire vicieux…*) EN EFFET, DEUX D'ENTRE VOUS N'ONT PAS SU SURVEILLER LEUR LANGAGE. TROIS AUTRES ONT EU LE MALHEUR D'ANNONCER LA NOUVELLE. DU COUP, ILS ONT PRONONCÉ LE PRÉNOM DE CANDIDATS ÉLIMINÉS, ET ONT ÉTÉ ÉLIMINÉS À LEUR TOUR. HI HI, QUE CE JEU EST IMPITOYABLE. (Pour renforcer son effet, le grand Consul marque un temps d'arrêt.) VOUS ÊTES SOIXANTE-CINQ CE MATIN… COMBIEN SEREZ-VOUS CE SOIR ?

Un frisson parcourt l'assemblée. Même les animateurs, pourtant pas concernés, semblent impressionnés. Le Grand Consul, lui, se régale.

– ÉPREUVE NUMÉRO DEUX ! OBJECTIF : TESTER VOTRE DÉBROUILLARDISE ET VOTRE INGÉNIOSITÉ. POUR CELA, NOUS ALLONS TOUT SIMPLEMENT VOUS REMETTRE… UNE LISTE DE COURSES ! QUELQUES PIERRES ET PLANTES RARES À DÉNICHER SUR NOTRE ÎLE.

À cet instant, Léo commence à passer dans les rangs et à distribuer une feuille à chaque participant. Dessus, une dizaine de noms, comme « corail » ou « pierre de lave ». Mais aussi « flamant rose » et « langue de feu ». Apparemment, cette liste de courses n'amuse que le Grand Consul qui écoute, impassible, les récriminations des candidats :

– M'sieur le Grand Consul, le corail, faut aller le ramasser sur la barrière de corail, et elle est vachement loin de la plage.

– Les galets de lave, on n'en trouvera jamais si le volcan est éteint !

– C'est pas dangereux de nager jusque là-bas ?

– Comment on attrape un flamant rose ? Ils vont s'envoler !

– C'est quoi une langue de feu ?

À cette question succède un grand silence : la réponse intéresse tout le monde ! Mais le Grand Consul ne se décide toujours pas à répondre. Seule la question d'Azolan le sort de son mutisme amusé.

– Dites-moi, m'sieur. Il est pas interdit de cueillir des coraux ? Ils sont protégés, non ?

– EFFECTIVEMENT ! MAIS PAS DE SOUCI, IL Y EN A EN GRAND NOMBRE ICI, D'UNE ESPÈCE QUI GRANDIT VITE. NOUS AVONS OBTENU L'AUTORISATION D'EN PRÉLEVER. JE COMPTE SUR VOUS NÉANMOINS POUR VOUS MONTRER RAISONNABLES.

Des coraux qui poussent vite, ils sont plus d'un dans l'assistance à ne pas trop y croire. Mais pas un à oser contredire le Grand Consul !

– L'ÉPREUVE EST TRÈS SIMPLE : RAMENEZ-MOI UN EXEMPLAIRE DE CHAQUE ÉLÉMENT DE CETTE LISTE. DANS TROIS HEURES.

Trois heures ! Mais il est fou ! Pas de doute, plus d'un candidat va refaire sa valise ce soir. Certains ont alors rentré la tête dans leurs épaules, comme s'ils étaient déjà partis. D'autres s'agitent dans tous les sens : par où commencer ? Finalement, c'est Ryan qui part en premier. Le garçon, sûr de lui, s'élance vers la mer, enlève son T-shirt « Sauve… qui peut » et se jette à l'eau. Suivi immédiatement par son fan-club. Eh oui, il y en a ici, comme Damien et Erwan, qui se laissent impressionner par les gros bras et les récits de « Monsieur J'ai tout fait ». Mais pas chez les Zapataux. Pas un n'a suivi Cinkazéro.

– Y'a forcément un truc ! (C'est Lina qui réfléchit à voix haute.) C'est pas possible de tout chercher en trois heures, cette liste nous balade dans tous les coins de cette île. Faut que nous trouvions une astuce !

– Je crois que je viens de la trouver…

Jules, qui a parlé d'un ton bien mystérieux, savoure son effet : tous les Zapataux sont maintenant suspendus à ses lèvres.

– Avec mes frères et sœurs, on va en colo l'été. Chaque fois, ils organisent un grand jeu de piste. Et chaque fois on gagne ! Tout simplement parce qu'on se répartit les épreuves entre frangins et frangines…

– Bien sûr ! T'as raison Jules, c'est ça le truc ! C'est qui les plus costauds ? C'est les Zapataux !

La bonne humeur contagieuse d'Amir ne semble pas atteindre Élie :

– Reste quand même un gros problème, les gars : quelqu'un sait ce qu'est une langue de feu ?

– C'est la langue de Korka le jour où elle embrassera Willy ! se moque Azolan.

– Si ma grande sœur était là, elle te ferait vite fermer ta grande gu… (Korka se retourne vers Amir) « Ta » quoi Amir ?

– « Ta tu-sais-quoi », c'est « ta malouf ».

Korka, sauvée de justesse par Amir, jette un regard noir à Azolan. Il s'est rendu compte qu'elle craquait pour l'animateur quand ils sont allés explorer le volcan. C'est vache de la balancer comme ça aux copains.

– Eh, c'est pas le moment de nous disputer ! tranche Kanelle. Ne vous inquiétez pas pour les langues de feu, je m'en charge.

– Tu sais ce que c'est ?

Les Zapotaux ont parlé d'une seule voix.

– J'ai ma petite idée…

– Et les flamants roses, comment on chope un flamant rose ? s'inquiète Margot. J'y connais rien en animaux.

– On lui attrape les pattes et on le plaque au sol ! rétorque Teiki.

– Il est trop bozoï, celui-là, il se prend pour Sébastien Chabal !

– Vous inquiétez pas pour le flamant rose, je m'en charge aussi. Il va falloir marcher un peu, mais ça ne me fait pas peur !

Cette fois, c'est au tour de Kanelle d'être au centre de toutes les interrogations. Et ça lui plaît bien !

– On a assez perdu de temps, il faut se répartir en équipe. Azolan et Korka, vous devriez aller au volcan pour la pierre de lave, comme vous y êtes déjà allés.

– Pas question que j'aille avec lui !

– C'est bon, tranche Élie. Je pars avec Azolan. Tu cours bien ? Parce qu'on est déjà en retard.

– Moi, je veux bien aller ramasser les coraux, propose Teiki. J'ai l'habitude de nager sous l'eau sans lunettes.

– Si t'es d'accord, intervient Lina, je viens avec toi.

En deux temps trois mouvements, les Zapataux se sont réparti la liste d'objets. Ils sont les derniers à quitter le point de rassemblement mais ça ne les inquiète pas. L'union fait la force !

– Bon ben, rendez-vous dans deux heures et demie ici…

Chapitre 10

Sur toute l'île règne une grande agitation. De nombreux candidats ont décidé d'aller cueillir le corail en premier. D'autres, plus impressionnés par la distance à parcourir à la nage, ont préféré se diriger vers le volcan. Rapidement, la stratégie des Zapataux a été repérée et imitée. Des petits groupes se forment, on négocie un corail contre une pierre de lave, un indice sur la langue de feu contre l'emplacement des flamants roses sur l'île.

La liste comptait aussi une noix de coco et l'escalade des palmiers a commencé. Grand seigneur, Ryan, perché en haut d'un arbre, lance des noix de coco à ses fidèles disciples. L'un d'eux, plus maladroit que les autres, la reçoit sur le front et tombe. Tout de suite, les deux enfants à côté de lui se précipitent… Pour le relever ? Non, pas du tout : pour se disputer le précieux objet de la liste ! Enfin Ryan redescend, salué par ses admirateurs reconnaissants. Bon prince, il écoute les « merci » et « bravo » qui pleuvent avant de réaliser… qu'il n'a pas cueilli de fruit pour lui ! Un coup d'œil au tronc : non, c'est trop haut, il ne recommence pas. Qu'à cela ne tienne ! Il arrache la noix de coco des mains de la fille béate d'admiration à sa droite. De surprise, la candidate n'ose pas protester et elle se retrouve bientôt toute seule à essayer de grimper au tronc du palmier.

Amir, Korka et Margot qui ont assisté à toute la scène rigolent franchement.

– Elle l'a pas volé, à rester comme une nouille devant ce type !

– Ah ça non, elle l'a pas volé ! C'est lui qui l'a volée !

– Faudrait qu'on se dépêche si on veut porter tout ça à temps, ces machins pèsent une tonne !

Les enfants enlèvent leurs T-shirts à l'effigie de l'émission. Ils nouent les manches et versent les noix de coco dans ces sacs cabas improvisés.

– Ils vont être fichus, c'est certain !

– C'est pas grave, ils nous en filent un nouveau tous les jours !

Jusque-là, les enfants n'avaient pas trop compris pourquoi la production insistait pour qu'ils aient un T-shirt neuf — et propre surtout ! — tous les jours. Mais là, cette maniaquerie les arrange bien !

À deux kilomètres de là, Élie et Azolan font aussi un usage détourné de leur maillot. Les deux garçons en nage s'épongent dans ce qui deviendra aussi un sac pour transporter les pierres de lave. L'ascension a été plus difficile que l'autre jour, car ils ont été obligés de courir pour être dans les temps.

– C'est bon, t'as le compte ? questionne Azolan.

– Ouais, j'ai recompté, pas de souci. J'en ai même une en plus au cas où.

Comme leurs copains, Élie et Azolan ont noué leur T-shirt. C'est Lina qui avait eu cette bonne idée quand la question du transport avait été abordée. Rapporter un corail à la nage, c'est une chose. En rapporter dix, c'en est une autre. Les garçons entament la descente en petites foulées. Sous le poids de leur chargement, leur allure s'accélère. Ils devraient être là à temps.

Depuis une demi-heure, Jules suit Kanelle en trottinant sans la questionner. Pas un flamant rose en vue. Pas une seule langue de feu non plus. Enfin, la jeune fille ralentit l'allure.

– Je suis sûre qu'on va en trouver par ici, tu vas voir !

Jules aimerait bien voir, oui ! Enfin, il ose exprimer ses doutes :

– Voir quoi, Kanelle ? Y'a rien ici. D'ailleurs, y'a pas un candidat non plus. Tu veux pas m'expliquer ce que t'as derrière la tête ?

La mine défaite de Jules amuse sa copine, qui le prend quand même en pitié :

– Quand j'ai lu « flamant rose », j'ai trouvé ça bizarre : comment pouvaient-ils imaginer qu'on attraperait des oiseaux ? Les coraux, c'était déjà fortiche, mais là, c'était trop fort. J'ai compris quand j'ai lu « langue de feu ». C'était pas un truc impossible qu'ils nous demandaient, c'était un indice qu'ils nous donnaient. « Flamant rose », c'est le nom courant d'une fleur tropicale, l'*anthurium*. Et figure-toi que cette fleur a un autre nom courant…

Le visage de Jules s'illumine.

– Oui, t'as tout compris ! L'*anthurium* s'appelle aussi « langue de feu », à cause de ses grandes feuilles. C'est juste la couleur qui change entre les deux. À nous de chercher !

– Tu sais à quoi ça ressemble ? s'assure Jules, encore un peu inquiet.

– Je crois, oui. Les feuilles ont la forme d'un cœur. C'est une plante très rare, qui pousse uniquement au Costa Rica et au Guatemala. Mais il doit y en avoir ici puisqu'ils nous les deman… Tiens ! En voilà !

– Génial ! T'es une super-championne !

Kanelle jubile : elle vient enfin de trouver les fleurs. Et des deux couleurs, en plus. Il y en a suffisamment pour sauver tous les candidats de l'île. Enfin, ceux qui perceront le mystère des langues de feu. Tout à coup, les deux enfants se regardent. Ils pensent à la même chose :

– On dit rien aux autres, hein ?

– Ok, secret de Zapataux !

Les bras chargés de fleurs, les deux enfants retournent vers le point de rassemblement.

– Dis, comment tu connais cette fleur ? T'es sûre de ton coup au moins ?

– Oh, c'est tout bozoï ! Mes parents sont fleuristes, ils ont eu une fois une commande de langues de feu pour un mariage, et ils ont eu tellement de mal à en trouver que personne dans ma famille ne peut oublier à quoi ça ressemble !

Ils arrivent sur la plage une demi-heure avant l'heure du rendez-vous et s'assoient à l'ombre d'un palmier, sous le regard intrigué des autres candidats. Leur agitation amuse les deux complices. C'est sûr, ça va être plus calme, ce soir, au village après les éliminations ! À cet instant, Léo les rejoint :

– Tiens ! s'exclame étrangement fort l'animateur. Vous avez trouvé les flamants roses et les langues de feu ?

À cette seconde précise, la plage se transforme en une grande scène de film, quand on appuie sur le bouton ARRÊT SUR IMAGES de la télécommande. Puis suivent de grands cris :

– Ils viennent d'où ?

– Montrez nous à quoi ça ressemble !

– Des fleurs, c'était des putains de fleurs !

– ÉLIMINÉ !

Kanelle et Jules sont dépités. Le mystère est percé, les langues de feu ne feront pas la différence. Tout ça parce que Léo a pas su la tenir, sa langue… L'animateur continue à les féliciter, totalement inconscient de sa gaffe. Les autres candidats, eux, ont vite fait de repérer à quoi ressemblent les fleurs que tiennent les deux enfants.

– Vite ! Vite ! Il vous reste une demi-heure !

Alors là, Kanelle et Jules n'en reviennent pas… C'est Léo qui encourage carrément les autres ! Ce n'est pas juste ! Oui, mais comment se plaindre sans passer pour des super-égoïstes…

Chapitre 11

Heureusement, les autres Zapataux arrivent et leur joie quand ils découvrent les langues de feu/flamands roses console les deux enfants. Très vite, la distribution se fait et chacun se retrouve avec son « sac en T-shirt » rempli par ses objets.

– Je sais pas pour vous, lance Élie, mais moi, j'irais bien me baigner un coup vite fait. Je meurs de chaud !

– Faut pas qu'on loupe la fin de l'épreuve quand même, ce serait trop bozoï ! s'alarme Lina.

– On a encore vingt minutes, la rassure Azolan qui lui aussi irait bien se rafraîchir après leur marche forcée.

– Allons-y ! lancent en chœur Teiki et Jules.

– Ok, moi je reste garder les sacs, tranche Lina.

– Je reste avec toi, ajoute Kanelle.

Les deux filles s'installent à l'ombre d'un palmier, les neuf T-shirts bien répartis autour d'elles. Elles regardent avec envie leurs amis se jeter dans l'eau transparente.

– Bah, c'est pas grave, on ira après, lâche Kanelle pour que son amie ne culpabilise pas trop. Fallait bien que quelqu'un garde les affaires.

– Sauf que…

– Sauf que quoi ?

– Sauf que je meurs d'envie de faire pipi ! éclate de rire Lina. J'aurais pu faire ça discrètement dans l'eau !

– Beurk !

– Je rigole !... Mais faut vraiment que j'y aille. Tu peux garder les affaires ?

– Bie

Lina n'attend même pas la réponse de sa copine pour filer dans la forêt. Les toilettes ont été installées près du village. Ce sont bien entendu des toilettes écologiques, à base de compost, je vous passe les détails ! Non, vous voulez les détails ? Bon… On s'assoit sur une sorte de baril en bois, on fait… sa petite affaire… et quand on a fini, on jette de la sciure sur ses besoins. Pour le papier ? Eh, vous voulez vraiment tout savoir ! Les enfants utilisent les feuilles des arbres. Et je vous assure qu'ils ont vite repéré celles qui irritent et les autres ! Le temps que je vous raconte tout cela, Lina a eu le temps de revenir. Les autres Zapataux sortent de l'eau et s'ébrouent. Chacun récupère son sac et se dirige vers le Grand Consul. Les candidats affluent de toute l'île.

– On devrait peut-être tout vérifier un coup, hasarde Jules.

– Pourquoi rétorque Élie, t'as peur que ta pierre de lave ait fondu pendant que tu te baignais ?

Sa blague arrache un sourire même à Jules, mais le garçon voit bien aux regards inquiets que les autres lancent à leurs sacs qu'ils ne sont pas contre une dernière inspection. Allez, il y en a pour une seconde…

– Plim ! Plim ! Plim ! s'écrie soudainement Kanelle. Je n'ai plus ma pierre de lave !

– C'est pas possible, tu l'avais tout à l'heure, s'inquiète Korka.

Azolan a soudain un mauvais pressentiment :

– Les filles, personne ne s'est approché des sacs pendant qu'on se baignait ?

– Non ! répond immédiatement Lina.

Mais Kanelle semble moins sûre d'elle :

– Quand t'étais aux toilettes, y'a trois filles qui sont venues me parler. Elles m'ont félicitée pour les langues de feu, elles m'ont dit qu'on était sûrement la meilleure équipe, qu'on méritait vraiment de gagner, que…

– Et à coup sûr, y'en a une qui t'a piqué ta pierre !

– « Tout flatteur vit aux dépens de celui qui l'écoute. Cette leçon vaut bien un fromage, sans doute ! », lance Amir, dépité. Faudrait que je dise à Madame Leclerc, ma prof de français, que ça y est, j'ai compris la morale de sa fable, à La Fontaine…

– Elle le sait, ta prof, le coupe Élie. T'es filmé, j'te rappelle ! Qu'est-ce qu'on fait maintenant, il nous reste cinq minutes ?

Kanelle est en larmes.

– Je sais ! hurle presque Amir. Prends ma pierre de lave, je vais m'en trouver une autre.

– Mais t'as pas le temps d'aller au volcan ! l'arrête Lina.

– Vous en faites pas pour moi ! crie le garçon qui court déjà vers le village.

Et effectivement, trois minutes plus tard, il est bien au rassemblement. Le Grand Consul, secondé par les animateurs, procède à l'examen des objets. Quelques candidats n'ont pas réussi à décrocher des coraux. D'autres aussi n'ont pas de noix de coco. Parmi eux, la dernière victime de Ryan. Il manque aussi quelques pierres de lave, mais ce sont surtout les langues de feu qui font la sélection. Certains enfants ont bien cueilli la fleur, mais ils ont oublié dans la précipitation d'en prendre deux ! Arrive enfin le tour des Zapataux.

– Reprends ta pierre de lave, murmure Kanelle à Amir.

– T'inquiète pas pour moi, lui répond doucement le garçon.

Sauf que lui-même n'en mène pas large quand le Grand Consul plonge ses longs doigts dans son sac.

– PAS DE PIERRE DE LAVE, ÉLIMI…

– Attendez ! l'interrompt Amir, qui se retient difficilement de trembler. Elle est là !

Et le garçon tend au grand homme un…

– SAVON, C'EST DU SAVON !

– Ben oui, tente Amir dans un grand sourire… Une pierre de lave, donc puisque je me lave avec…

Dans le silence qui suit, tout le monde retient son souffle, y compris les animateurs. C'est la première fois qu'un candidat tente un coup pareil auprès du Grand Consul. Finalement, l'homme lâche son verdict :

– ACCORDÉ !

Ouf ! Les Zapataux sautillent de joie : ils passent tous l'épreuve.

– MAIS ATTENTION… AMIR ! JE VOUS AI À L'ŒIL !

L'homme torpille le garçon du regard et Amir sent soudain toute sa bonne humeur s'évaporer. Oh la, il risque de payer cher son humour et son esprit d'équipe…

Le Grand Consul lâche enfin Amir et finit sa tournée. Encore deux éliminés. Un animateur, qui a suivi le décompte, lui apporte une petite fiche bristol.

– DIX-NEUF D'ENTRE VOUS VONT PLIER LEUR SAC VITE FAIT BIEN FAIT !

– Allez hop ! murmure, cynique, Élie à Lina.

– VOUS VOILÀ DONC QUARANTE-CINQ ! MAIS UN SEUL EST LE HÉROS DE DEMAIN !

La perte d'audience

– C'est bon, on a vu qu'ils en avaient dans la tête, maintenant je voudrais un peu plus de muscles. De tripes. Des larmes et de l'émotion, quoi !

– Avoue qu'ils sont futés ces gosses quand même ! J'étais persuadé qu'il faudrait qu'un animateur leur lâche l'info en douce pour qu'ils y arrivent ! On aurait été obligé de le virer ! Willy et Léo étaient déjà dans le coup. Là, on les aurait eues, tes larmes !

– Ces gamins sont rusés, c'est vrai. D'ailleurs, c'est un peu dommage que ce soient toujours les Zapataux qui mènent la danse, les gens vont croire que c'est truqué.

– On a de la veine, ils viennent des quatre coins de la planète ! C'est bon pour l'audience, ça.

– Ouais, sauf que l'audience, comme tu dis, a carrément chuté après la pub. Se sont tous barrés sur le polar de Crime Channel. Alors la prochaine fois, tu me trouves une épreuve plus haletante. On laisse tomber le côté « La carte au trésor », on fonce dans le « Koh Lanta - Fort Boyard ». Je veux des T-shirts mouillés et des fronts en sueur.

– Pas de souci, c'est prévu. Après leurs jours de repos.

– Ouais, ben les repose pas trop non plus !

– T'inquiète pas, ça aussi, c'est prévu…

Chapitre 12

Normalement, les candidats ont trois jours de repos entre chaque épreuve. Un rythme qui convient parfaitement aux Zapataux. Alors pourquoi le Grand Consul est-il déjà de retour dans le village ? L'épreuve a eu lieu la veille. Sans donner d'explications aux enfants, les animateurs les invitent à retrouver le présentateur à la gloriette.

– JE VOIS À VOS MINES RÉJOUIES QUE VOUS ÊTES RAVIS DE ME RETROUVER, ricane le Grand Consul. MAIS SOYEZ RASSURÉS, JE NE VIENS PAS VOUS ANNONCER UNE NOUVELLE ÉPREUVE ANTICIPÉE OU DE NOUVELLES ÉLIMINATIONS. (Soudain, son sourire se transforme en une triste grimace.) CE QUE J'AI À VOUS DIRE EST PEUT-ÊTRE FINALEMENT PIRE... (Pire qu'être éliminé ? Dur à imaginer.) NOUS AVONS ÉTÉ EN QUELQUE SORTE... VICTIMES DE L'ÎLE ! LA PRODUCTION AVAIT STOCKÉ UNE GRANDE RÉSERVE DE NOURRITURE DANS DES CONTAINERS. ILS SONT — ENFIN ILS ÉTAIENT — EN BOIS : NOUS NE VOULIONS LAISSER DERRIÈRE NOUS QUE DES MATÉRIAUX BIODÉGRADABLES. LA NUIT DERNIÈRE, DES ANIMAUX SAUVAGES, SANS DOUTE AFFAMÉS, S'EN SONT PRIS À NOS STOCKS. ILS ONT TOUT DÉVASTÉ, ET NOUS N'AVONS PU RÉCUPÉRER QUE TRÈS PEU DE DENRÉES.

Quoi ? Il n'y a plus rien à manger ?
Comment ça, des animaux sauvages affamés ?
C'est quoi cette histoire ?
Parce que là, c'est plus rigolo du tout.

Quand on s'inscrit à une émission de télé, ce n'est pas pour crever de faim ou finir en pâté pour tigres... C'est d'ailleurs un « Tigre » qui réagit en premier :

– Qu'est-ce que vous allez faire, y'a bien un avion qui peut venir, non ?

– Vous les avez vues, ces bêtes ? renchérit tout de suite une fille.

– On peut pas rester sans manger, quand même !

– Moi, moi, moi, j'ai pas peur des animaux, pas peur une seconde, assure Ryan à qui veut l'entendre (pas aux Zapataux, quoi !)

– HUM, HUM… (D'un simple toussotement, le Grand Consul rétablit le silence.) JE PEUX RÉPONDRE ? (Sa question, bien entendu, n'attend pas de réponse.) OUI, UN AVION VA NOUS ENVOYER DES CONTAINERS. QUAND ? JE NE PEUX LE DIRE AVEC PRÉCISION. LA QUESTION N'EST DONC PAS CE QUE NOUS ALLONS FAIRE, MAIS CE QUE *VOUS* ALLEZ FAIRE. CETTE ÎLE NE MANQUE PAS DE RESSOURCES… VOUS NON PLUS, N'EST-CE PAS ? CHASSE, CUEILLETTE, PÊCHE ! IL NOUS RESTE DES VICTUAILLES QUE NOUS DISTRIBUERONS AVEC PARCIMONIE.

Plus l'homme parle, plus les visages des enfants se défont. Et plus ces visages se défont, plus le Grand Consul, lui, semble jubiler :

– HAUTS LES CŒURS ! VOUS ÊTES DES HÉROS, OUI OU NON ? UN DERNIER POINT : N'OUBLIEZ PAS QUE VOUS ÊTES FILMÉS. LE MONDE ENTIER VOUS REGARDE ! VOS PROCHES, VOS FAMILLES. NE LES HUMILIEZ PAS, CONDUISEZ-VOUS AVEC DIGNITÉ. ALLEZ… BON APPÉTIT ! EUH PARDON, JE VOULAIS DIRE : BON APRÈS-MIDI !

– Et pour les bêtes sauvages ? revient timidement à la charge la jeune fille.

– SOYEZ RASSURÉS ! AVEC CE QU'ILS SE SONT MIS DANS LA PANSE CETTE NUIT, IL VA LEUR FALLOIR QUELQUES JOURS POUR DIGÉRER !

Depuis le début de l'aventure, Élie n'a jamais eu le cafard. Pas une seule fois il n'a pensé à sa mère. Mais là, il a une tendre pensée pour ses biscuits croquants cœur chocolat fondant. Et cette gourmande image le ramène à l'avion :

– Dites donc, entre la piste d'atterrissage trop courte et les animaux qui bouffent tout, ils ont pas de bol, les organisateurs.

– *Nous* n'avons pas de bol, le reprend Amir. C'est nous qui allons crever de faim.

– Les animateurs et le Grand Consul aussi, intervient Korka.

– C'est vrai, ça. Ils mangent où, eux ? (La remarque de Margot intrigue tous les Zapataux.) Vous les avez déjà vus à table, vous ?

– D'ailleurs, on sait même pas où ils dorment, et d'où débarque le Grand Consul pour ses épreuves.

– Ils ont leur campement, quelque part, intervient Korka, fière de ses connaissances.

– Et comment tu sais ça, toi ?

Tout à coup, Korka est beaucoup moins sûre d'elle. :

– C'est Willy qui me l'a dit…

– « Oh Willy » !

– « Willy chéri » !

– Arrêtez les gars, vous êtes pas drôles ! les coupe Lina. Qu'est-ce que tu sais encore sur les animateurs, Korka ?

– Pas grand-chose, marmonne la jeune fille vexée. Willy m'a dit… (Avant même qu'Élie et Azolan aient le temps de réagir, Lina et Margot leur font signe de s'écraser.) Il m'a dit qu'ils avaient un campement moins aménagé que le nôtre ; ils dorment à la belle étoile, ils se sont fait un abri avec des branches. Le grand Consul loge là aussi, mais un peu à l'écart. Dans une grotte, au pied du volcan… Je lui ai demandé de me montrer où c'était mais il n'a pas voulu me le dire.

– Pourquoi tu lui as demandé ça ? s'étonne Jules.

– Pour voir son Willy, son Willy chéri.

– Arrêtez bande de bozoïs ! Je voulais juste savoir… parce que j'avais peur la nuit, c'est tout.

Cet aveu semble embarrasser Korka plus encore que la découverte de son béguin pour Willy.

– Moi aussi, j'ai un peu peur la nuit, lui confie alors, à la surprise générale, Élie. (Mais le garçon se reprend tout de suite.) Vous savez, chez moi, y'a pas toujours beaucoup à manger. Les fins de mois sont dures, surtout depuis que ma mère est au chômage…

– Ah, on savait pas, s'excuse presque Lina. Et ton père, il bosse ?

– Mon vieux ? Oh, il nous a plantés il y a quelques années déjà. Il est parti avec la meilleure amie de ma mère ouvrir un bar au Mexique.

– Dis donc, ça bouge chez toi ! constate Jules. (Avisant les baskets de marque d'Élie, il poursuit) Enfin, vous arrivez quand même à vous en sortir pas mal, non ? T'as des super chaussures.

Un quart de seconde Élie semble surpris, puis il se reprend :

– Ah, ça ? Oui… Vous le gardez pour vous (chose impossible quand vous êtes filmés et regardés dans le monde entier !), mais mon grand frère Alban bosse pour un gang. Il récupère des trucs.

– C'est un tueur à gages ? s'étouffe presque Teiki.

– Non ! sourit Élie. Il passe des messages, il surveille les allées et venues des cafés où ils se retrouvent, des petits trucs comme ça, pas graves.

– Waouh, on peut dire que toi, tu connais la vie ! lâche Kanelle presque admirative.

– Assez parlé de moi ! coupe Élie. On devrait aller chercher à manger.

D'un pas assuré, Élie s'enfonce dans la forêt, suivi par tous les autres Zapataux. Depuis le début de l'émission, il s'est naturellement imposé comme leur chef. Maintenant, ils comprennent mieux pourquoi !

Chapitre 13

Vous avez déjà eu faim ? *Vraiment faim* ? Les candidats de « Sauve… qui peut » non plus, avant que leurs réserves ne soient avalées par ces maudites bêtes sauvages. Bon, ils ne sont pas non plus dans « Koh Lanta », ils n'en sont pas réduits à manger des insectes ou à faire bouillir des pousses de bambous. Les animateurs arrivent toujours à chaque repas avec leurs grosses gamelles. Mais elles sont moins remplies ! Du coup, les candidats ne sont plus « calés ». Et ils se surprennent à rêver à une table bien mise (ils seraient même d'accord pour la mettre eux-mêmes !) autour de laquelle on serrerait bien les coudes le long du corps et on n'interromprait pas les grands quand ils parlent… parce qu'on aurait la bouche pleine d'un bon steak ou de frites.

Les Zapataux n'échappent pas à la règle. Les fruits ne sont pas si abondants que ça sur l'île, ou alors ils se cachent bien. Il y a bien les noix de coco, mais elles sont moins nombreuses depuis l'épreuve précédente. Kanelle a escaladé une cinquantaine de palmiers, ou pas loin ! Ses copains en étaient exténués rien qu'à la regarder ! Mais la récolte a été maigre.

Les enfants cueillent des coquillages que les animateurs font bouillir. Certains parviennent même à pêcher et Jules, qui a horreur de manger du poisson, fait une belle entorse à son régime. Au début, tous regardaient le ciel toutes les dix minutes, guettant l'avion qui réglerait leur problème. Puis toutes les demi-heures… Puis toutes les heures… Et maintenant, ils sont de plus en plus rares à attendre une solution du ciel. Une fois l'organisation mise en place, ils n'ont plus franchement faim. Juste un tout petit tiraillement. Et cette incertitude sur le prochain repas. Du coup, l'atmosphère est tendue, les disputes de plus en plus fréquentes.

– J'espère que cet avion de plim va débarquer bientôt, lâche Élie, allongé dans son hamac, le deuxième soir.

Les Zapataux viennent de se faire un repas complet à la mangue : salade de mangue en entrée, tranche de mangue au lait de coco en plat de résistance, et... quartiers de mangue en dessert ! Pour calmer ses nerfs, Amir ronge maintenant le noyau !

– Moi aussi, lâche le garçon. J'ai mal au ventre, je n'ai pas l'habitude de manger tant de fruits.

– Comment ils disent déjà, à la télé ? « Pour votre santé, mangez moins gras, moins salé, moins sucré » parodie Kanelle. Eh les gars, on va rentrer en pleine forme !

– C'est vrai ! sourit Margot. N'empêche que depuis qu'on manque de nourriture, finies les vacances au soleil ! On a déjà passé deux jours de repos à chercher de quoi manger. Je suis crevée ! Déjà que leur épreuve m'avait tuée... Je suis pas super-sportive, comme toi, Kanelle.

Elie affiche soudain un air bien mystérieux.

– Eh, chiche que demain on arrête tout ce cirque ? Après tout, le règlement ne nous oblige pas à nous nourrir nous-mêmes.

– C'est vrai ça, les animateurs n'ont qu'à se bouger un peu ! Je les ai pas vus en train de pêcher, eux, s'indigne Margot.

– Ils ont pas l'air bien affamés en fait, réagit soudainement Lina. Je me demande s'ils ne se servent pas copieusement au passage.

– Vous croyez que le Grand Consul a les crocs ? ironise Amir. On va vite s'en rendre compte quand on le verra !

– Il faut pas oublier que nous sommes filmés vingt-quatre heures sur vingt-quatre, intervient Élie. Ils peuvent pas nous affamer comme ça sous les yeux des téléspectateurs. Ils se prendraient trop la honte. On n'a qu'à s'amuser demain comme si de rien n'était. Avec un peu de chance, les autres nous suivront et ils seront bien obligés de nous l'envoyer vite fait bien fait, leur ravitaillement.

– Vous savez quoi ? renchérit Lina. On devrait faire la tournée des huttes dès maintenant pour exposer notre plan en douce : ce sont les seuls endroits, avec les douches et les W.C, où il n'y a pas de caméras. Si on s'y met tous, on fera encore plus pression.

– Super-idée ! s'emballe Korka. Ma sœur a fait ça un jour dans son collège. Ils en avaient marre parce qu'à la cantine, ils n'avaient plus de sel et de poivre depuis un mois. Elle a organisé une grève de la faim chantante. (Visant les regards ahuris de ses amis, Korka poursuit.) Si, j'vous jure ! Au lieu d'aller à la cantine, les élèves se relayaient devant le bureau de la principale et la salle des profs pour chanter la dernière chanson de Bébé Lily. Deux jours plus tard, c'était arrangé ! Ils ont même eu du ketchup à partir de ce jour-là ! Il faut dire que ma frangine, elle est vraiment fortiche

La dernière chanson de Bébé Lily en tête, les Zapataux se dispersent dans le village. On entend ci et là quelques cris de protestation, quelques questions de trouillards. Dans la hutte de Ryan, la discussion va bon train : le chef de bande est difficile à convaincre. Oh, pas parce qu'il préfère passer une journée à cueillir des fruits plutôt que de se faire battre de nouveau en jouant au foot de plage, non. Tout simplement parce que l'idée ne vient pas de lui. Dur dur d'être un meneur !

Le soleil est déjà couché quand tous les Zapataux sont de retour dans leur hutte, la « Zapatutte », comme l'a rebaptisée Amir. Mission accomplie. L'opération débutera dès le début du jour.

Le lendemain matin, les animateurs n'ont plus de lait à offrir au petit-déjeuner. Juste une tranche de brioche par enfant.

– Allez, courage, lance Léo. L'avion va bien finir par arriver. Allez vite ramasser quelques fruits, ça vous fera un petit-déjeuner super.

– À croire qu'ils sont sponsorisés par Andros ! lâche un des candidats, provoquant l'hilarité générale.

– Ça, c'est fort de fruits ! insiste son voisin.

L'animateur préfère ne pas relever :

– J'ai vu sur la route des palmiers bien garnis, vous allez vous ravitailler sans trop de peine.

– Eh Léo, tu confonds : c'est un *panier* garni qu'il nous faut.

De nouveau, les rires fusent.

– Allez, lâche enfin Élie, moi je vais me baigner.

– On fait une balle au prisonnier mouillée ? renchérit Ryan.

– Tous à la plage !

En quelques secondes, Léo se retrouve seul dans le village. Ils ont donc tous décidé de suivre le plan des Zapataux ? Quand la production leur a raconté ce qu'ils avaient entendu grâce aux micros cachés dans les huttes, aucun animateur n'y a vraiment cru. Il n'y a que le Grand Consul qui a pris les enfants au sérieux et a donné ses consignes.

Mais tiens, l'animateur aperçoit trois filles qui se dirigent vers la forêt. Ils ne seraient donc pas tous en grève ?

– Ah, c'est bien : vous, vous êtes plus raisonnables ! leur crie le jeune homme.

– Oui ! leur répond l'une d'elles. On se baigne à la cascade, parce que le sel de mer nous brûle la peau. Après, ça pique quand on remet nos T-shirts.

Pris dans leurs jeux, les enfants ont presque oublié leur mini révolution ! Mais vers midi, leurs estomacs leur rappellent leur mobilisation pour une meilleure répartition des vivres.

– Je suis curieuse de voir ce que les animateurs nous ont ramené, savoure déjà une candidate.

C'est une fille franchement grosse — « Manon », annonce son badge — et en la voyant, Élie repense aux théories de Lina sur les éliminations. Cette fille est la seule candidate enrobée qui ait passé cette épreuve... Allez, à table ! Il faut prendre des forces pour la nouvelle épreuve que le Grand Consul devrait annoncer ce soir.

Sauf que...

Sauf que les animateurs sont effectivement venus. Mais les mains vides.

Rien. Que dalle ! (C'est bien ça : les enfants vont avoir la dalle...)

– Y'a rien à manger ? s'inquiète Kanelle.

– Non, je suis désolée, regrette Zoé. Nous sommes venus à bout de nos réserves. Nous n'avions pas imaginé que l'avion serait si long à revenir.

– Mais j'ai faim, moi ! gémit presque Lina

– NOUS AUSSI !

– Aucun de vous n’a été cueillir de fruits ce matin ? demande naïvement Léo.

Celle-là, elle est bonne ! Tous les enfants se tournent vers les Zapataux. Qui, eux, se tournent vers Élie.

– On n’aurait pas dû écouter ta zouli d’idée ! lâche Amir.

« Zouli », voilà un mot d’Amir qu’ils n’avaient pas encore entendu mais qu’ils comprennent tous sans problème…

– On est bien dans la plim maintenant, soupire Teiki. Y’a rien à becqueter !

– Je crois pourtant qu’Élie avait raison, intervient Lina.

– C’est pas possible, t’es amoureuse ! la coupe Amir.

Élie profite du soutien de Lina pour revenir à la charge :

– Franchement, vous trouvez que Léo et Zoé ont l’air affamés ? Vous entendez leurs ventres gargouiller ? Pas moi ! Je suis sûr qu’ils ne manquent pas de bouffe, il faut les forcer à partager.

– Tu délires complètement ! insiste Amir.

– Eh bien que chacun fasse comme il a envie ! Allez cueillir des racines si ça vous tente ! Moi, je retourne à la plage.

– Élie a raison. (La voix de Lina est presque implorante.) Il faut les forcer à partager, on n’a pas le droit de penser qu’à soi comme ça.

– Je ne sais vraiment pas ce que vous vous êtes mis en tête. Nous n’avons pas plus à manger que vous ! (Zoé semble sincère, ses points de rousseur ressortent sous l’émotion !) Nous devrions tous nous unir pour en chercher ensemble.

– Je vais me baigner, rétorque Élie.

Le garçon s'en va, suivi de près par Lina, Jules et Korka. Quelques Tigres et Invincibles leur emboîtent le pas. Ryan est resté auprès des animateurs :

– J'ai pas arrêté de leur répéter qu'il fallait vous faire confiance !

Si Léo n'était pas dans une émission de télé regardée dans le monde entier, il rétorquerait à Ryan tout de suite : « Arrête ton cirque, mon grand ! Tu nous gonfles ». Mais Léo rêve de faire carrière au cinéma. Comme l'autre Léo, vous savez, Léo... Naredicaprio. Alors il se contente d'afficher son plus beau sourire.

– Allez les enfants ! L'union fait la force !

Les animateurs proposent aux enfants de se diviser en quelques groupes. Les uns vont pêcher, les autres cueillir des fruits. Willy apprend à un groupe de nageurs comment se fabriquer une pique avec une branche et un caillou aiguisé :

– Si vous tirez sur l'écorce des arbres, vous pouvez récupérer de longs fils pour tout attacher. Vous allez voir, avec ça, vous allez attraper ce que vous voulez !

Et effectivement, ça marche ! Les enfants réussissent à pêcher quelques poissons, sous les encouragements de Willy. Kanelle semble très douée. Assise sur le sable, Korka, le cœur serré, suit la scène de loin. Oui, elle irait bien manger un poisson grillé avec son animateur préféré, mais...

– ... il faut pas céder, c'est ce que ma frangine dirait, j'en suis certaine.

– Je suis sûr qu'elle est très fière de toi.

Perdue dans ses pensées, Korka n'avait pas entendu Azolan arriver. Le garçon avait posé sa main sur l'épaule de son amie :

– Élie et Lina ne nous ont pas déçus depuis le début, il faut leur faire confiance.

– Sûr…

Quand vient le soir, les animateurs n'ont toujours pas de nourriture à offrir aux enfants. Mais apparemment, cela ne dérange pas tout le monde : ceux qui les ont suivis dans l'après-midi sont visiblement rassasiés. Ce qui fait le plus mal à Lina, c'est que pas un des Zapataux partis à la recherche de la nourriture n'a pensé à en garder un peu pour les copains révolutionnaires. Ryan, lui, parade. Il répète à qui veut l'entendre qu'il a attrapé seul un cochon sauvage qu'ils ont fait griller. Élie s'est disputé avec quelques candidats qui n'avaient pas choisi le même camp que lui. L'un d'eux, un Tigre, l'a traité de « sale con égoïste » et a été éliminé. Du coup, son équipe a promis de faire la peau de ce Zapatail.

– QUEL PLAISIR DE VOUS RETROUVER !

Tiens, on l'avait presque oublié, celui-là, avec toutes ces histoires.

– J'AI UNE BONNE NOUVELLE LES ENFANTS : LE CHARGEMENT VA ÊTRE LIVRÉ DEMAIN À L'AUBE. IL PARAÎT QUE CERTAINS D'ENTRE VOUS ONT BIEN PROFITÉ DE LEUR JOUR DE REPOS, TANT MIEUX ! DEMAIN, NOUS TESTERONS UNE AUTRE QUALITÉ DE SUPER-HÉROS : LA FORCE PHYSIQUE. BONNE NUIT !

Rassasiés…

– Alors, content ?

– Forcément, ces méchantes bêtes sauvages sont arrivées à point nommé ! Tu les remercieras de ma part ! (sourire… carnassier !)

– Pour être honnête, j'ai eu peur un moment que les enfants ne disent rien, qu'ils se contentent de cueillir des fruits…

– T'imagines, on aurait eu un festival de diarrhées ! Bonjour les images !

– … mais on voit bien que ce sont des gosses qui n'ont jamais connu de difficultés. Ils n'ont pas supporté longtemps d'avoir faim. C'est peut-être ça qu'on aurait dû faire, prendre un gosse ou deux de pays en guerre…

– Sauf que dans ces pays-là, ils ne regardent pas la télé. Et encore moins la pub !

– T'as raison. Au fait, ça commence, on a des plaintes de parents. Ils s'inquiètent pour leurs enfants.

– Tu leur as envoyé nos avocats ?

– Oui, oui, ça va s'arranger. Je voulais te dire aussi, le magazine « Ado-mi-mots » fait sa une la semaine prochaine sur « Sauve… qui peut ! » Avec comme question : « Élie ou Ryan ? Lequel te fait kiffer ? »

– C'est quoi « kiffer », encore une invention du truculent Amir ?

– Non non, ça, c'est un vrai mot de jeunes.

Chapitre 14

Depuis que Ryan sait que la prochaine épreuve testera la force physique, il fait encore plus le coq qu'avant. Et c'est vrai qu'il est toujours entouré d'une vraie basse-cour : les filles se trémoussent devant lui comme des poules !

Son cinéma a vraiment énervé les Zapataux. Mais ce matin, ils mangent enfin pour la première fois depuis trois jours un véritable petit-déjeuner et cet imbécile ne gâchera pas leur plaisir. Même les animateurs n'y parviendront pas. Et pourtant, ça fait dix bonnes minutes qu'ils pressent les enfants pour qu'ils aillent au point de ralliement.

– Vite les enfants, le Grand Consul n'aime pas attendre, les supplie Zoé.

– Je chuis chûre qu'il n'aime pas grand-chose ! articule difficilement Amir, entre deux bouchées.

– Ça c'est vrai ! confirme Margot. À part éliminer des candidats.

Même Zoé n'arrive pas à retenir un sourire. Ces Zapataux sont vraiment attachants. C'est surtout l'esprit d'équipe qui les anime qui émeut l'animatrice. *Espérons qu'ils parviennent à le garder encore un peu*, se dit la jeune fille en les escortant jusqu'au rendez-vous.

Loin de ces considérations sentimentales, le Grand Consul a commencé l'annonce de l'épreuve :

– ÉPREUVE NUMÉRO TROIS : LE VOYAGE D'HERCULE ! NOUS VOUS PROPOSONS DE PARTIR EN EXCURSION ! UN PARCOURS AVEC DES FLÈCHES NUMÉROTÉES A ÉTÉ INSTALLÉ À TRAVERS L'ÎLE PAR NOS GENTILS ANIMATEURS. IL VOUS FAUDRA EN VENIR À BOUT LE PLUS RAPIDEMENT POS-

SIBLE. (L'homme marque un temps d'arrêt puis lâche dans un ricanement.) EN TOUT CAS, LE MOINS LENTEMENT POSSIBLE ! LES DIX DERNIERS SERONT ÉLIMINÉS.

– Fastoche !

– Cot cot… crâneur !

– BIEN ENTENDU, CE N'EST PAS TOUT ! (Ça aurait été trop beau…) EH, NOUS CHERCHONS QUAND MÊME UN SUPER-HÉROS ! ALORS NOUS VOUS AVONS PRÉVU UN PETIT PAQUETAGE POUR LA ROUTE.

À ces mots, les animateurs distribuent aux enfants des sacs en *Nylon* à l'effigie de l'émission, qui s'ajustent avec des cordelettes. Ils ressemblent à ces sacs publicitaires que l'on vous donne dans les clubs de plage, mais en beaucoup plus grands.

– Vous allez devoir parcourir tout le parcours avec ce sac à dos, sans jamais l'enlever et sans jamais le mettre au contact du sol. Sinon, c'est l'élimination !

– Je comprends pas, c'est trop facile : le sac est vide, murmure Jules à Élie.

– Attends ! Je suis sûr qu'il n'a pas fi…

– Vous aurez compris que nous allons charger les sacs avant le départ…

– De sandwichs ?

– D'eau fraîche ?

– Ils ont envoyé du *Coca* ?

– DE SABLE FIN. HISTOIRE DE RENDRE L'ÉPREUVE PLUS AMUSANTE. AUTRE POINT IMPORTANT : LE PARCOURS DOIT ÊTRE EFFECTUÉ EXACTEMENT COMME INDIQUÉ. IL EST INTERDIT D'EMPRUNTER DES CHEMINS DE TRAVERSE. LES ANIMATEURS VÉRIFIERONT QUE VOS SACS SONT BIEN REMPLIS, PUIS NOUS DONNERONS LE DÉPART. AH ! DERNIER POINT : CERTAINS PETITS MALINS (Ce regard noir-là est pour Amir, pas de doute !) VOUDRONT PEUT-ÊTRE ALLÉGER LEUR PAQUETAGE. NOUS AVONS DONC PRÉVU UN DERNIER RÈGLEMENT « SPÉCIAL FUTÉS » : IL EST INTERDIT DE POSER LES MAINS SUR SON SAC OU CELUI D'UN CAMARADE. BONNE CHANCE, ET N'OUBLIEZ PAS... IL NE DOIT EN RESTER QU'UN !

Effectivement, rempli de sable, le sac est déjà moins agréable à porter... Les animateurs indiquent aux enfants le premier panneau d'orientation. Direction la forêt. Le Grand Consul donne le signal de départ et les enfants s'élancent.

La première heure se passe dans la bonne humeur. Quelques-uns sont partis en courant, mais ils ne sont pas nombreux. Les Zapataux ont choisi une fois de plus de rester groupés. Les panneaux ne sont pas difficiles à trouver, même si certains sont farfelus. Ainsi, il faut plusieurs minutes aux candidats pour comprendre que si la flèche cloutée sur cet arbre est pointée vers le haut, c'est parce qu'il faut monter !

La deuxième heure, les cordelettes des sacs commencent à irriter les épaules. Un candidat enlève son sac pour le réajuster.

– ÉLIMINÉ ! hurle une voix depuis la plage.

– C'est pas possible, comment ils ont su ? s'énerve Korka.

– Ce sont leurs chrolaferies de caméras !

La troisième heure voit une baisse franche du moral des troupes. Les flèches ont ramené les enfants sur leurs pas et ils commencent à se demander quand ce parcours se terminera. Élie se met à pester :

– Ça me rappelle quand la vieille caisse de ma mère nous a lâchés. Faut dire qu'elle avait 18 ans, la voiture, pas ma mère ! Ils peuvent nous mener en bateau longtemps comme ça.

– Eh, à propos de bateau, regardez un peu ça…

Les enfants sont arrivés à proximité d'une rivière et la flèche suivante indique bien qu'il va falloir la traverser à la nage.

– Je ne sais pas pour vous, mais moi, je suis pas contre un petit bain, se réjouit Teiki. Au moins, on sentira plus ce maudit sac sur les épaules pendant quelques minutes.

– C'est un piège.

Lina a parlé entre ses dents comme si elle ne s'adressait qu'à elle-même, mais bien sûr, ils l'ont tous entendue.

– Qu'est-ce que tu racontes ? (Amir, qui a déjà commencé à dénouer ses chaussures, est sceptique.)Tu te fais des films, Lina, comme pour le 110 mètres-arbres.

Solidarité féminine oblige, Margot le contrecarre tout de suite :

– Ouais, sauf que Ma… notre copain dont on ne doit pas dire le prénom a bien été éliminé ce jour-là.

– Laissons Lina nous expliquer ce qu'elle a derrière la tête, tranche Jules. Parce que là, on perd du temps : regardez les autres, ils nagent !

Lina le remercie d'un sourire :

– J'imagine que c'est pareil pour tout le monde, ce sac commence vraiment à peser lourd sur les épaules. C'est fait exprès, croyez-moi. Ils veulent nous montrer qu'être fort, c'est aussi tenir la distance.

– Je vois pas où tu veux en venir, s'impatiente Élie.

Eh bien tu verras quand le sable de ton sac sera mouillé et qu'il pèsera deux fois plus lourd.

Comme s'ils avaient voulu soutenir Lina, les candidats qui ont traversé rouspètent en reprenant leur marche :

– Ce truc pèse une tonne maintenant !

– Il va nous tuer les épaules !

Le sourire satisfait de Lina exaspère profondément Élie :

– OK, et on fait quoi « Madame je devine tout » ?

– Je sais pas, je devine, moi, je ne résous pas.

– Arrêtez tous les deux, ça sert à rien de vous disputer, les supplie Amir. C'est pas le moment. On perd du temps, n'oubliez pas. Y'a qu'à y aller, tant pis, nos sacs seront mouillés.

– Ouais, mais y'a un moyen pour qu'ils ne le soient pas tous ! intervient Azolan.

– Et comment tu veux faire, on n'a pas le droit de poser les mains dessus ?

– Les mains non, mais les jambes oui !

– Qu'est-ce que tu racontes ? lâchent en chœur les Zapataux.

– Bon, mon plan vaut ce qu'il vaut, mais je veux bien prendre… je sais pas moi, Korka sur mes épaules. Elle peut grimper sans toucher mon sac des mains.

Le garçon a légèrement rougi en prononçant le prénom de sa copine, mais pas un Zapatail ne s'en est rendu compte : ils sont tous concentrés sur l'idée d'Azolan.

– Et si celui qui porte tombe ?

– Au pire, les deux sacs sont mouillés, imagine Lina. Je crois que ça vaut le coup de tenter le truc.,

Élie voit là l'occasion de se faire pardonner la façon dont il a parlé à sa copine, sans l'avouer vraiment :

– Tu veux qu'on essaye ? marmonne-t-il dans sa direction.

Lina a pitié de lui et ne le force pas à répéter plus fort :

– D'accord, on y va !

La fille s'installe sur les épaules de son copain, en veillant surtout à ne pas toucher le sac avec ses mains. Élie attrape les jambes de son amie qui pendent maintenant sur son torse :

– En route !

Et effectivement, ils parviennent à traverser sans mouiller ni Lina, ni son sac. Les équipes se forment. Les Zapataux sont des types galants : chaque fille trouve son chevalier portant. Azolan vacille un peu sous le poids de Korka mais il se redresse rapidement. Il ne veut pas passer pour une mauviette ! Teiki tire sa révérence à Kanelle :

– Mâdâme, m'accordez-vous cette traversée ?

– Mais avec plaisir, avec plaisir !

Pour la troisième fois, Margot grimpe sur le dos de Jules. Le garçon n'arrive pas à garder l'équilibre avec sa copine sur le dos.

– Eh, tu joues jamais à saute-mouton avec tes frangines ? le charrie Amir.

– T'es vraiment trop bozoï ! s'énerve Jules.

Il a répondu d'un ton très sec, comme si la blague d'Amir le vexait vraiment, et Margot décide de calmer le jeu d'une manière… plutôt surprenante !

– Allez Jules, grimpe ! C'est moi qui t'embarque !

– C'est pas possible, bredouille le garçon.

– T'as peur de te prendre la honte devant tes frangins ? le taquine Amir.

– Non, c'est pas ça, j'ai cinq sœurs aussi, j'suis pas macho.

– Alors c'est quoi le problème ? Parce que je suis pas assez forte ? Parce que…

– C’est bon ! supplient les deux garçons d’une même voix, on a compris !

– Alors… grimpe !

Jules s’exécute et Margot met les pieds à l’eau, escortée de près par Amir qui, nombre de Zapataux impair oblige, voyage seul. À un moment, la jeune fille trébuche.

– Je vais descendre, propose Jules.

– Eh, tu veux me vexer ou quoi ?

Quoi ! Le garçon se tait et Amir propose à Margot de poser les mains sur ses épaules à lui si elle en a besoin :

– Sans toucher mon sac, bien sûr.

– Ça va aller, insiste Margot.

Et en effet, ça va. Jusqu’à ce que Ryan arrive à leur niveau. Le garçon avait déjà traversé et il a rebroussé chemin pour provoquer Margot.

– Tu sais que tu fais bien le baudet ?

– Pas aussi bien que tu fais le coq, rétorque Amir.

Ryan ignore la remarque du garçon et poursuit :

– En même temps j’te comprends. T’as pas beaucoup d’autres possibilités de draguer.

– Margot, laisse tomber ! supplie Amir, il vaut pas le coup.

Et en effet, Margot laisse tomber… Jules à l’eau pour se précipiter sur Ryan qui, bien sûr, a déguerpi. Jules, éberlué, a rattrapé Margot par les épaules… et s’est accroché à son sac. Il va être éliminé. Margot tape nerveusement des poings la surface de l’eau.

– Zouli que je suis bozoï ! C’est pas vrai !

– Non, c’est ce mec qui est un vrai chrolaf, tente de la consoler Amir.

Mais il n'insiste pas : Margot a les larmes aux yeux. Les autres Zapataux, qui les attendaient sur l'autre rive, gardent aussi pour eux leurs commentaires.

– ÉLIMINÉ ! hurle une voix au loin.

– T'embrasseras tes frangins et frangines pour nous, murmure Lina.

– Ouais… Filez !

– Allez, faut qu'on se grouille, lance Élie. Ou on va vraiment se retrouver parmi les dix derniers.

C'est à une petite foulée rapide que l'équipe découvre les flèches suivantes. Plus de plans foireux désormais, mais le sable, surtout quand il est mouillé, pèse de plus en plus lourd sur leurs épaules. Au loin retentissent des cris de joie.

– Y'a des veinards qui ont fini !

– Faut se grouiller, insiste Élie.

– Je n'en peux plus de ce sac, geint Kanelle.

– Et le tien n'est pas mouillé, insiste Teiki.

– Aille ! Et plim et plim et plim, chrolaferie de branches !

On aurait presque envie de féliciter les Zapataux ! Ils ont vraiment bien intégré le langage d'Amir. Sauf que nos félicitations, Azolan, qui vient de s'écorcher le bras sur une branche, n'en a pas grand-chose à faire.

Ça fait mal ! peste le garçon en sautillant sur place.

– C'est super ! s'exclame alors Amir.

– T'es complètement bozoï, toi ! s'énerve Azolan. J'ai mal et tu trouves ça super !

– Ton sac, Azolan ! Ton sac ! Il s'est percé sur la branche et il se vide.

En effet, le sable s'écoule par une grande fente sur le côté gauche du sac.

– Mais il va être éliminé ! panique tout de suite Lina. Oh, non, pas deux !

– Pourquoi ça ? demande Amir d'un ton tranquille. Personne n'a touché son sac, nous n'avons enfreint aucune règle.

– Il a raison ! s'exclame Kanelle, qui cherche déjà la branche qui déchirera son paquetage.

Pendant quelques minutes, la petite bande exécute la danse de l'ours qui se frotte sur l'écorce des arbres en sautillant. Style Baloo dans le Livre de la Jungle. Presque tous les Zapataux perdent le sable de leurs sacs troués. Presque tous, parce qu'Élie a préféré continuer sa course plutôt que d'écouter leur nouveau débat. Quand ses copains le rejoignent d'une foulée bien allégée, il leur demande comment ils ont fait pour se débarrasser de leur sable sans être éliminés.

– Pas le temps de t'expliquer, cours ! lui lance, moqueuse, Lina.

Enfin ils atteignent la plage, et ce qui semble être la ligne d'arrivée. Difficile de compter de si loin le nombre de candidats déjà arrivés, mais il y en a au moins une bonne vingtaine. Il ne faut plus perdre une seconde. Les Zapataux remarquent, étonnés, que d'autres enfants se baladent avec des sacs troués. Qu'est-ce qu'ils croyaient ? Qu'ils étaient les seuls enfants futés dans cette aventure ? Allez, il sera bien temps d'y penser plus tard, la ligne d'arrivée est proche, encore cent mètres… Quatre-vingt-dix… Quatre-vingts…

Margot… Élie… Lina… Azolan… Teiki… Deux tigres et un Invincible… Manon… Amir… Korka… Et Kanelle, où est-elle ? Les Zapataux la repèrent enfin, assise dans le sable loin de la ligne d'arrivée, son pied droit serré dans les mains : Kanelle est tombée, elle s'est foulé la cheville.

– Lève-toi, Kanelle ! Cours !

– J'ai mal…

– Saute ! Il te reste cent mètres à faire ! la supplie Teiki.

Et là, sous l'œil ébahi des candidats déjà arrivés, affalés sur le sable, de ceux qui courent encore pour sauver leur place et même des animateurs, Kanelle se redresse, et, à cloche-pied, parcourt les derniers mètres en un temps record. Quelle sportive cette fille, elle en veut vraiment ! Huit, neuf, dix, onze… Ouf, il y a assez de candidats derrière elle, elle est sauv…

– ÉLIMINÉE ! hurle presque le grand Consul en se plantant devant elle.

– Mon sac s'est troué tout seul, je ne l'ai pas touché ! proteste la jeune fille, les yeux humides.

– QUI VOUS PARLE DE VOTRE SAC ? BLESSÉE ? ÉLIMINÉE ! C'EST LE RÈGLEMENT, N'EST-CE PAS JEUNE HOMME ? Le Grand Consul se tourne, un sourire sardonique aux lèvres, vers Amir. À MOINS QUE VOUS AYEZ UN AUTRE TOUR DE PASSE-PASSE À NOUS PROPOSER ?

L'homme s'accroupit et murmure, d'une voix faussement attendrie, à l'oreille de Kanelle qui s'est laissée tomber dans le sable :

LEVEZ VOUS ET MARCHEZ SI VOUS VOULEZ RESTER. SUR LES DEUX PIEDS.

– Quel chrolaf ! murmure Amir entre ses dents.

– PARDON JEUNE HOMME ?

– Je disais que vous étiez un vrai chrolaf, *Monsieur le Grand Consul*.

– Amir, arrête, le supplie tout bas un Élie qui n'en mène pas large.

– De cela aussi, il faudra qu'on parle un jour. Mais pour l'instant, laissons donc votre amie marcher.

Kanelle se lève, pose le pied droit au sol, et tente un pas rapide en prenant à peine appui sur sa cheville blessée.

– Une vraie marche, s'il vous plaît. Comprenez bien, c'est une question de sécurité, il est hors de question que nous laissions une éventuelle blessure s'aggraver. Nous sommes à la télé, pas en guerre !

Kanelle grimace de douleur en posant de nouveau le pied au sol.

– Arrête ! s'écrie Teiki. Arrête…

Kanelle s'effondre dans le sable, en larmes. Pour elle, c'est fini. Comme pour les dix derniers. Ajoutés à Jules et à l'autre candidat qui a touché son sac pendant la course, faites le calcul : il reste trente et un candidats en lice. Et…

– Il ne doit en rester qu'un !

« Sauve qui peut ! » **Fiche candidat**

N°56982

Casting : France métropolitaine
Prénom : Jules
Nom : Desoutter
Signe particulier : enfant unique, solitaire, toujours entouré d'adultes.
Avis du jury : aura sans doute du mal à s'adapter à la vie en groupe, puisque ni frères ni sœurs.

« Sauve qui peut ! » **Fiche candidat**

N° 213654

Casting : Antilles
Prénom : Kanelle
Nom : Bonfleur
Signe particulier : enfant très lymphatique, qui ne se bouge pas du tout. Refuse toute activité sportive.
Avis du jury : soit sera éliminée très vite, soit énervera très vite ses camarades à ne pas vouloir se remuer.

Chapitre 15

Cette fois-ci, pas de mauvaise surprise au réveil pour cette journée de repos. Les animateurs ont apporté aux enfants de la brioche et du lait, il fait un temps magnifique, la mer est translucide, le sable chaud sous les pieds… le bonheur, quoi !

Alors pourquoi les Zapataux sont-ils aussi moroses ? Bien sûr, les éliminations de Jules et de Kanelle les ont tous ébranlés. Ce n'est pas cool de voir des amis partir, mais dans ces conditions, c'est encore pire. Teiki a du mal à s'en remettre : Kanelle l'avait accompagné dès les premières minutes du jeu.

Amir n'oserait pas l'avouer à ses copains, mais c'est le Grand Consul qui l'inquiète vraiment. Kanelle aurait-elle été éliminée si elle n'avait pas été son amie ? Oui, bien sûr : le règlement, c'est le règlement… Mais Amir reste convaincu qu'il vaut mieux ne pas être son pote quand on a affaire à ce sinistre individu. Et puis, pour être tout à fait honnête, Amir a peur pour lui. Il n'a aucune chance de remporter le jeu si le Grand Consul l'a en ligne de mire tout le temps.

Margot est impatiente que commence la partie de foot de plage de la journée. Elle est bien décidée à humilier Ryan pour lui faire payer son sale coup de la veille. Jules est parti à cause de ce nul. Et à cause d'elle aussi : elle a été vraiment trop stupide !

Lina et Élie n'ont pas reparlé de leur dispute d'hier pendant l'épreuve. Ils font comme si de rien n'était. Mais ils ne le font pas très bien ! Lina n'a vraiment pas apprécié que son ami fasse cavalier seul.

Pour tout arranger, les autres candidats en veulent aux Zapataux pour leur tentative avortée de grève de la faim. Certains enfants, qui ont vraiment peiné pendant l'épreuve de force, sont convaincus que ça aurait été plus facile pour eux s'ils n'avaient pas jeûné la veille. Ryan se charge bien d'ailleurs de répandre l'idée.

Il n'y a que trois hamacs vides dans la Zapatutte. Il y en a beaucoup plus dans d'autres huttes, les Zapataux s'en sortent bien ! Mais ces places inoccupées leur rappellent cruellement le principe du jeu. Ce qu'ils ont vécu hier n'est que le début. Ils doivent se préparer à voir leurs copains perdre.

Ils doivent même le souhaiter s'ils veulent gagner…

Chrolaferie d'émission télé !

Tout ça pour vous dire — enfin vous écrire ! — que les Zapataux ne profitent pas vraiment de ces trois jours de repos. Ils s'ennuient presque. Difficile à imaginer sur une île paradisiaque, non ? Bon, moi, je n'ai pas envie que vous vous ennuyiez aussi, alors je vous épargne le récit détaillé de ces longues journées. Mais je tiens quand même à vous en raconter un épisode.

Je l'appellerai… « La balade de Willy et Korka ». Ça ne vous plaît pas ? Bon, que pensez-vous de « Le Grand Consul est un engrotté » ?

Korka n'échappait pas à la règle : c'était une Zapatail morose. Elle essayait de ne pas trop le montrer. Elle savait qu'elle était filmée et elle ne voulait pas que ses parents, ses frères et sœurs, ses oncles et tantes à Abidjan, s'inquiètent pour elle. Elle souriait, elle riait fort à la moindre blague mais elle se rongeait aussi nerveusement les ongles, tic qu'elle avait abandonné en arrivant sur l'île.

Willy a bien senti tout cela. Il n'est pas supposé être ami avec les candidats. Les animateurs doivent se comporter « comme des grands frères et sœurs attentionnés mais distants », stipule leur contrat. Mais après tout, un grand frère peut tout à fait avoir l'idée d'emmener sa petite sœur en balade pour lui changer les idées. Alors le troisième jour de repos, il demande à Korka si elle ne veut pas l'accompagner jusqu'au campement des animateurs : Zoé manque de fils pour ses bracelets brésiliens, il faut aller en rechercher. Bien entendu, Korka accepte. Même si depuis trois jours, elle ne se sent même plus amoureuse de Willy. C'est pour vous dire comme elle n'a plus le moral.

– Eh, attendez une seconde ! les rappelle l'animatrice. Je suis pas sûre d'en avoir dans mes affaires… Si c'est pas le cas, il faut aller les prendre…

Zoé regarde Korka, hésite à parler…

– Il faut aller les chercher dans la grotte du Grand Consul. Tu vois ce que je veux dire, demande-t-elle lourdement à Willy.

– No problemo ! lui répond le grand gaillard.

L'animateur et la fille s'engagent dans la forêt. Au début, Korka est très impressionnée : pourquoi Willy l'a-t-elle choisie, elle ? Est-ce qu'il va lui dire que lui aussi en pince pour elle ? Ce n'est pas possible, il est trop vieux ! Que vont dire ses parents, là encore ? Ou il va peut-être lui dire qu'il a remarqué son manège et qu'il faut qu'elle arrête. La honte ! Que vont dire ses parents, là encore !

Très vite, les angoisses de Korka s'envolent. Willy la questionne sur son pays d'origine, sur sa famille, ses amis. Ils sont tous les deux Ivoiriens ! *C'est pour ça que je l'ai trouvé spécial*, se dit Korka, ravie. Willy lui raconte qu'il a quitté la Côte d'Ivoire pour venir étudier en France il y a deux ans maintenant. Qu'il est rentré en Afrique l'année dernière, mais qu'il ne pourra pas y aller cet été, à cause de l'émission. Que le pays lui manque. Surtout la cuisine et le soleil ! Mais que c'est super d'avoir trouvé ce boulot d'été. Korka lui raconte que c'est surtout sa grande sœur qui lui manque, que lorsqu'elle sera grande, elle veut être médecin. Que sa sœur, qui est super-forte en classe, veut étudier en France, mais qu'elle, elle préférerait rester à Abidjan.

Ils marchent depuis une heure quand ils arrivent au pied du volcan.

– Voilà notre campement, à nous les animateurs. Oh, c'est très basique, tu vas voir. Le Grand Consul loge, lui, dans une grotte. Tu vois ? On aperçoit l'entrée là.

Effectivement, en suivant le doigt de Willy, Korka distingue une entrée dans la roche.

– Y'a une grotte dans le volcan ?

– Y'en a même plusieurs !

– Waouh ! C'est comment dedans, je peux visiter ?

– Non, c'est interdit.

– À cause des bêtes ?

Le grand éclat de rire de Willy vexe Korka :

– Je vois pas ce qu'il y a de drôle !

– Mais y'a pas de bêtes !

– Et celles qui ont mangé nos réserves ?

L'animateur semble soudain embarrassé :

– Ah oui, bien sûr… mais elles ne venaient pas de là. Allez, attends-moi une minute, je vais chercher des fils là-dedans, Zoé n'en a plus dans son sac.

Willy s'engouffre dans l'obscurité de la grotte. Il ressort quelques instants plus tard, un sac de fils à la main.

– Tu viens, on rentre !

Le retour est moins gai que l'aller, Willy desserre à peine les dents. Korka non plus. Elle repense à cette histoire de bêtes. Il faudra qu'elle en parle aux Zapataux.

Alors que les premières huttes du village des candidats apparaissent, Willy s'arrête soudain. Il pose ses larges mains sur les épaules de Korka :

– Tu sais Korka, dans la vie, il ne faut pas toujours se fier aux apparences, les choses ne sont pas toujours comme elles semblent l'être. C'est la même chose dans ce jeu. On pourrait croire que l'essentiel, c'est de passer les épreuves et respecter le règlement pour ne pas être éliminé. Et gagner, qui sait ? Mais y'a des choses plus importantes. Même si on les remarque moins.

– Tu veux parler des caméras et tout ça ? demande, intriguée, Korka.

– Non, je veux parler de ce qui se passe là. (Willy tapote sur le cœur de Korka.) De ce qui se passe entre vous, les Zapataux. Faudrait pas gâcher ça.

Korka ne comprend pas bien ce que Willy essaie de lui dire, mais pas question de demander des explications : elle ne veut pas passer pour une idiote ! Quand il a touché son cœur, elle a cru qu'il allait lui parler d'eux deux, mais elle comprend maintenant qu'il n'a rien remarqué. Tant mieux !

Les deux promeneurs sont accueillis par des sifflements moqueurs :

– Alors, les amoureux, ça va ? lance Élie.

– Jaloux ! le mouche Willy en rigolant.

– Eh, j'ai vu où logent les animateurs et le Grand Consul, vous saviez qu'il dormait dans une grotte complètement noire ?

Korka raconte toute sa virée — ou presque, mais ne la caftez pas ! — à ses amis les Zapataux. Elle garde pour elle la main posée sur le cœur, mais essaie de répéter mot pour mot le discours final de Willy.

– Je sais pas ce qu'il a essayé de te dire, commente Lina, mais on est sans doute pas au bout de nos surprises…

C'est agaçant, c'est vrai, mais Lina a une fois de plus raison ! La preuve, le Grand Consul, au soir de ce troisième jour, est de retour sous la gloriette.

– DEMAIN LES ENFANTS, NOUS TESTERONS VOTRE SANG-FROID.

Chapitre 16

Inspirer… Respirer !
Inspirer… Respirer !
Et surtout, rester calme…

Depuis que le Grand Consul a annoncé le thème de la prochaine épreuve, tous les candidats sont nerveux. Qu'est-ce qu'il a bien pu mijoter cette fois-ci ? Jusqu'où ira-t-il pour tester leur sang-froid ?

– UNE FOIS DE PLUS, JE VOUS INVITE EN BALADE !

Oh non…

– RASSUREZ-VOUS, JE NE VAIS PAS DE NOUVEAU VOUS FAIRE FAIRE LE TOUR DE L'ÎLE. NON… JE VOUS PROPOSE DE SORTIR… DES SENTIERS BATTUS !

Bon, si on résume, lors de la première épreuve, les candidats se sont baladés dans les airs. Pour la deuxième et la troisième, ils étaient sur terre et dans l'eau. Si on suit sa logique, le Grand Consul va les emmener sous terre cette fois-ci ! Non, ce n'est pas possible, il ne faut pas exagérer…

– NOUS AVONS INTITULÉ CETTE ÉPREUVE « LE VOYAGE AU CENTRE DE LA TERRE », HOMMAGE — VOUS L'AUREZ COMPRIS — AU GRAND ROMANCIER JULES VERNE. VOILÀ UN HOMME QUI AIMAIT LES HÉROS ET SAVAIT EN INVENTER !

Il faudrait peut-être refermer ce livre avant qu'il ne soit trop tard, parce que là, les organisateurs de l'émission sont complètement fous. Autour de la gloriette d'où le Grand Consul annonce l'épreuve pèse soudain un grand silence. On dirait que même les oiseaux ont cessé de chanter et tendent l'oreille. Vous n'avez jamais vu les oreilles d'un oiseau, allez-vous répondre. Certes… Mais avez-vous déjà vu une émission qui enterre ses candidats ? Non ? Alors… chut !

– OH, J'EN VOIS PARMI VOUS QUI FRÉMISSENT ! « QU'ONT-ILS BIEN PU TROUVER CETTE FOIS-CI ? », VOUS DEMANDEZ-VOUS. DOIS-JE VOUS RAPPELER QUE VOUS N'ÊTES PLUS QUE TRENTE ET UN ? ET QUE NOUS CHERCHONS LE FUTUR HÉROS DU NOUVEAU MONDE ? NORMAL QUE ÇA SE CORSE UN PEU… MAIS JE M'ÉGARE !

Tant que c'est pas nous, que t'égares ! se dit Amir. Imperceptiblement, les Zapataux se sont resserrés. Les querelles des jours précédents semblent bien lointaines. Le Grand Consul commence son discours par un cours de géographie. Il leur parle du relief de l'île, de ses paysages particulièrement riches et variés, de sa faune et de sa flore extraordinaires. On sait, personne ici n'a oublié les langues de feu, et encore moins les bêtes sauvages « briochivores ». Il finit sa petite leçon par un peu de géologie :

– QUAND LES PRODUCTEURS DE L'ÉMISSION ONT DÉCOUVERT L'ÎLE, ILS ONT ÉTÉ PARTICULIÈREMENT IMPRESSIONNÉS PAR LE VOLCAN. AU COURS DES SIÈCLES, LA ROCHE A LAISSÉ FILTRER L'EAU D'UNE FAÇON TRÈS ÉTRANGE, ET LE TOUT A ABOUTI À TOUT UN RÉSEAU DE GALERIES SOUTERRAINES, PLUS OU MOINS GRANDES, PLUS OU MOINS PROFONDES. NOUS VOUS PROPOSONS DE PARTIR À LEUR DÉCOUVERTE.

– Mais les bêtes ? C'est pas là qu'ils dorment, les animaux sauvages ?

C'est Kévin, le garçon à la console de jeux, qui a parlé. Jules avait dit aux Zapataux qu'il était sympa, mais il est toujours fourré avec Ryan.

– À ma connaissance, la seule bête sauvage qui dort dans ces grottes, c'est le Grand Consul !

Teiki a parlé tout bas mais les rires se répandent autour de lui comme une traînée de poudre. L'agitation n'échappe pas à l'austère personnage.

– L'ÉPREUVE VOUS AMUSE, TANT MIEUX ! VOUS SEREZ RAVIS DE DÉCOUVRIR LE PETIT DÉTAIL QUE J'AI TENU À AJOUTER… PERSONNELLEMENT.

En une seconde, les rôles s'inversent : il n'y a plus que le Grand Consul qui sourit.

– IL FAIT NUIT NOIRE DANS CES GROTTES. ET POUR CAUSE, ELLES SONT SOUS TERRE ! VOUS PARTIREZ DONC AVEC UNE TORCHE. SEULEMENT — ET VOILÀ MON IDÉE — VOTRE LAMPE NE S'ALLUMERA QU'UNE FOIS, PENDANT UNE MINUTE TRENTE. À VOUS DE BIEN CHOISIR LE MOMENT !

Décidément, cet individu n'a pas, mais alors pas du tout, le même sens de l'humour que les enfants.

– Et les bêtes sauvages ? redemande Kévin, d'une voix encore plus inquiète.

– LES ANIMATEURS ONT EXPLORÉ TOUS LES CHEMINS — OU PRESQUE — DE CES GROTTES. ILS N'ONT CROISÉ AUCUNE BÊTE DANGEREUSE. OH, IL Y A BIEN QUELQUES CHAUVES-SOURIS ET ARAIGNÉES, MAIS ELLES SONT INOFFENSIVES. ALLEZ, NE VOUS INQUIÉTEZ PAS ! NOUS AVONS D'AILLEURS PRÉVU UN JOKER POUR CE JEU. AVANT LE DÉPART, VOUS ALLEZ POUVOIR REGARDER PENDANT DEUX MINUTES UN PLAN DE CE LABYRINTHE SOUTERRAIN. SI VOUS LE MÉMORISEZ BIEN, VOUS SORTIREZ SANS SOUCI. VOUS AVEZ DEUX HEURES POUR FAIRE LE PARCOURS. VOUS PARTIREZ UN PAR UN, À TROIS MINUTES D'INTERVALLE. DÉSOLÉ LES ZAPATAUX, PAS DE TRAVAIL DE GROUPE CETTE FOIS-CI. ALLEZ, BONNE CHANCE !

– Euh, Grand Consul ! Vous oubliez les cris…

Léo est tout gêné d'avoir pris son chef en défaut, mais apparemment l'homme ne lui en tient pas rigueur :

– MERCI LÉO ! OÙ AVAIS-JE LA TÊTE ? NOUS TESTONS VOTRE SANG-FROID… VOUS COMPRENDREZ QUE CELUI QUI TRAVERSERA LES GROTTES EN HURLANT DE PEUR NE PEUT ÊTRE NOTRE SUPER-HÉROS ! SERONT DONC ÉLIMINÉS TOUS LES CANDIDATS QUI PLEURERONT OU CRIERONT. LES CAMÉRAS QUI VOUS SUIVRONT DANS LA GROTTE ENREGISTRERONT LES DÉCIBELS. AU-DESSUS D'UN CERTAIN SEUIL, CE SERA LE RETOUR ! JE CROIS QUE CETTE FOIS, JE N'AI RIEN OUBLIÉ.

Majestueux, le Grand Consul s'avance au milieu des candidats. Sans qu'il ait un mot à dire, le groupe s'ouvre pour lui céder le passage.

– J'ai trop peur du noir, j'y arriverai jamais, sanglote une candidate.

– Moi aussi, murmure Korka.

Élie entoure de son bras l'épaule de son amie :

– Moi aussi, mais ça va aller. Il suffit de bien se concentrer sur le plan. Et puis, si vous voulez, on peut faire ça ensemble. (Élie a rougi en parlant, il n'est pas fier de son final à la dernière épreuve. Mais pas un de ses amis ne relève : l'heure n'est vraiment plus au règlement de comptes.) On peut pas s'attendre tous, parce que le premier partirait avec un trop gros retard.

– Vingt et une minutes exactement, calcule rapidement Amir.

Mais on peut faire des équipes de deux ou trois, qu'en pensez-vous ?

– C'est une super-idée, Élie, le rassure Azolan.

– En plus, ça fait deux fois plus de temps de lampe, ajoute Lina.

Reste à former les équipes, en toute discrétion : personne ne doit connaître leur plan. (Enfin personne sur l'île.

Les enfants savent bien que les yeux des caméras sont braqués sur eux. Ils ont même réussi à en repérer quelques-unes. Amir a alors voulu organiser un concours de grimaces filmées, mais personne ne l'a suivi. Ils n'ont pas su répondre à cette grande question philosophique : une grimace peut-elle être considérée comme un gros mot ?) Les Zapataux ne sont pas idiots : Élie et Korka ont peur du noir. Les mettre ensemble, c'est forcément les éliminer. Partir avec l'un des deux, c'est prendre un risque.

– Korka, tu veux venir avec moi ?

Teiki n'aura pas laissé à ses copains le temps d'avoir des états d'âme. Azolan fulmine : être le super-héros de Korka seulement, ça lui aurait suffi. Après son Willy, elle n'aura plus d'yeux que pour Teiki maintenant. Élie regarde avec envie la jeune fille qui accepte volontiers. Ce n'est pas à lui qu'on ferait une telle proposi…

– Allez Élie, je t'embarque !

Margot est encore toute étonnée de son audace… Après l'élimination de Jules, elle redoutait vraiment que plus personne ne veuille faire équipe avec elle. Mais devant le sourire radieux d'Élie, elle ne regrette pas. Reste un dernier problème : les Zapataux sont en nombre impair…

– Je vais le faire seule, vous inquiétez pas, tranche Lina. On ne peut pas s'attendre, ça ferait trop de retard.

Chapitre 17

Si ça ne vous empêchait pas de lire, je vous proposerais bien de fermer les yeux… rien qu'une minute ! C'est difficile de rester calme, quand on ne voit rien. Surtout dans un endroit qu'on ne connaît pas. Dont on a juste vu le plan deux minutes. Heureusement que les Zapataux ont bien mis leur stratégie au point. Le premier avance de cent pas et attend trois minutes. Il y a juste un détail qu'ils ont oublié : si des caméras les filment, le Grand Consul peut savoir ce qui se passe dans les grottes. Il a dû être informé par la production du manège des Zapataux, car il ne les laisse plus partir les uns après les autres. Des candidats d'autres équipes passent entre deux.

Heureusement, Korka et Teiki sont ensemble, ils étaient partis en premier.

Margot a été très surprise quand à la place d'Élie, c'est… Ryan qui l'a rejointe :

– Alors tu m'attendais ? la charrie méchamment ce crâneur. Je savais bien que tu étais folle de moi.

– C'est pas parce qu'on est sur une île de paradis que tu dois prendre tes rêves pour la réalité, lui rétorque la jeune fille.

À cause de l'obscurité, ils se parlent sans se voir et Margot en est encore plus effrayée. Depuis la traversée de la rivière, elle sait de quoi ce garçon est capable. Heureusement, elle entend Élie arriver. Le garçon a la bonne idée de chantonner pour vaincre sa peur du noir.

– Allez, cède Ryan, je vous laisse. (S'approchant comme il le peut d'Élie, il lui murmure à l'oreille.) Bouh !

Élie sursaute mais ne crie pas. Il est complètement concentré sur l'épreuve et sur le plan de la grotte qu'il s'est bien mis en tête. Pas question que cette épreuve dure une minute de plus que de nécessaire.

Pour Azolan et Amir, l'excursion ne se passe pas trop mal. Les deux garçons se donnent la main. Bon, ça ne se fait plus franchement à leur âge, mais c'est aussi un moyen efficace de ne pas se perdre… et de lutter contre l'angoisse qui leur serre la poitrine. Ils frôlent plusieurs candidats qui rebroussent chemin.

– Qu'est-ce qui se passe ? demande Amir inquiet. Pourquoi vous faites demi-tour ?

– C'est qui ? demande une voix que ni Azolan ni Amir ne reconnaissent.

– Les Zapataux !

– Eh bien les Zapataux, débrouillez-vous ! C'est votre habitude, non ?

Cette fois, les garçons reconnaissent la voix. C'est Camille, une des Invincibles. Elle doit être prise de remords, car elle leur marmonne :

– On peut pas passer là-bas, c'est trop dangereux.

Azolan et Amir entendent les pas de Camille qui s'éloigne. Les voilà de nouveau seuls, dans un silence aussi oppressant que l'obscurité.

– Qu'est-ce qu'elle a bien voulu dire ? s'inquiète Amir.

– Je ne sais pas, répond Azolan d'une voix ferme qui rassure son ami. Mais le seul moyen de le savoir, c'est d'y aller. En réfléchissant, nous trouverons forcément une solution.

Les deux copains se remettent en route. Mais la mise en garde de cette Invincible a fait son effet. Leurs pas sont moins sûrs, le sol leur paraît plus irrégulier, l'obscurité plus grande encore. (Moins voir que rien voir du tout, avouez que c'est un comble !)

– Et si on allumait une torche ? suggère Amir.

– Non, faut les garder… On sait pas ce qu'on va trouver, ça pourrait bien nous servir.

Ils marchent depuis… un certain moment (dans le noir, on perd aussi la notion du temps), quand ils entendent des voix.

– Eh, c'est pas Teiki ?

– Si, et Korka aussi, je crois.

Les garçons attendent d'être à la hauteur de leurs amis pour leur parler. Ils ne veulent pas être éliminés bêtement.

– Qu'est-ce qui se passe ? questionne Amir.

– Écoute, tu vas comprendre, lui répond Korka, tétanisée.

Amir est un peu énervé par tout ce cinéma. Ce n'est pas le moment de perdre du temps. Puis il entend… et il comprend… Ces sifflements, qu'il percevait à peine au début, ce sont… des serpents !

– Ne crie surtout pas, lui conseille Teiki. Il ne faut pas les effrayer, ils pourraient attaquer.

– Vous les avez vus ? C'est peut-être juste un bruit installé pour nous faire peur, espère Azolan.

– Oh non ! Il y a des candidats qui ont allumé leur torche et on les a vus : y'en a bien quatre ou cinq, ils sont horribles ! raconte Teiki. Y'en a plusieurs qui ont tellement hurlé en les voyant qu'ils ont été virés. Allez viens Korka, venez les gars, faut faire demi-tour et trouver une autre route.

Teiki a attrapé la main de Korka. Une petite dizaine de candidats est maintenant regroupée devant ce « passage aux serpents ». Bien sûr, dans le noir, c'est impossible de se compter, mais chacun y va de son commentaire sur la situation. Les Zapataux ont reconnu la voix de Lina.

– Élie est là ? demande-t-elle.

– Non, on n'a pas de nouvelles de Margot non plus.

– Il faut faire demi-tour, insiste Teiki.

– Moi, ça me paraît bizarre, cette histoire de serpents, insiste Lina. Ils ont parlé d'araignées et de chauve-souris, pas de serpents. Je demande à voir !

– Eh bien allume ta torche « mademoiselle je sais tout », lui propose un Amir qui commence à perdre son sang-froid.

– OK !

La lumière éblouit un instant tous les yeux habitués à la pénombre, mais très vite, les enfants repèrent les animaux. Ce sont des serpents d'un mètre environ, aux anneaux oranges et noirs. Ils sont visiblement dérangés par la clarté soudaine et commencent à s'énerver. Ils rampent vers la source de lumière. Du coup, Lina en éteint sa lampe sans attendre la minute et demie à laquelle elle avait le droit.

– Contente ?

Lina ne répond pas à la provocation d'Amir, c'est un Tigre qui prend la parole :

– Je connais ces serpents : ce sont des serpents « corail ». Ils vivent dans les pays chauds, et sortent la nuit. Ils n'attaquent pas l'homme, mais se défendront s'ils se sentent menacés. Et ils sont super-venimeux.

– Comment tu sais tout ça ? demande Azolan.

À sa voix, on comprend qu'il est vexé de tomber sur plus érudit que lui.

– Parce que j'adore les serpents ! répond le garçon. Enfin, quand ils sont dans leurs vivariums.

Les Zapataux se résignent à faire comme les autres. Il ne reste plus qu'à rebrousser chemin. Dans ce labyrinthe noir, difficile de s'y retrouver. Après quelques minutes, Lina veut faire le point avec les autres :

– Eh, vous êtes où ?

– On est là, répond Teiki pour Korka et lui.

– J'suis là, lâche Amir, d'une voix inquiète.

– Et Azolan ? demande Lina, il n'est pas avec toi ?

– Je sais pas, moi, il était derrière.

– Vous étiez en équipe, tu devais faire attention, s'offusque Lina.

– Eh, ça va, tu te calmes, rétorque Amir. J'ai des yeux dans le dos, mais tu m'excuses, ils ne voient pas dans le noir !

Azolan serait sans doute touché de voir — enfin d'entendre ! — comme Lina le défend. En même temps, il n'en voudrait pas à Amir de l'avoir perdu. C'est lui qui a fait demi-tour. Cette histoire de serpents l'intriguait, il devait en avoir le cœur net.

Sans trop de mal, le garçon retrouve l'endroit où s'agglutinent les quelques serpents. Si son intuition est bonne, il va pouvoir passer. Mais pour cela, il devra allumer sa lampe et perdre la minute et demie de lumière pour le reste. Ce qui veut dire, impossibilité de faire marche arrière et d'aller prévenir les autres. Ce n'est pas très Zapatail comme conduite ! Tant pis… Il y aura bien un moment où, de toute façon, il faudra la jouer perso. « UN SEUL EST LE SUPER-HÉROS DE DEMAIN », leur répète assez le Grand Consul. Quand faut y aller…

Azolan allume sa lampe et s'approche doucement des serpents pour les examiner le mieux possible. Il sent son cœur battre la chamade, mais plus de peur, d'excitation cette fois : il avait raison ! Ce ne sont pas des serpents « corail », ce sont des lointains cousins ! On les reconnaît parce que la tête ne se distingue pas bien du cou, et qu'ils ont des yeux minuscules. En plus, Azolan en est convaincu, les serpents corail ont des petits anneaux jaunes, et ceux-là n'en ont pas. La plus grande différence entre ces deux espèces de serpents, c'est que l'une est dangereuse, et pas l'autre… La voie est libre ! Azolan avance au milieu des animaux. L'un d'eux vient s'enrouler autour de sa cheville et le garçon se fige sur place : s'il s'était trompé ? S'il avait inversé les deux espèces ? Mais le serpent, impassible, poursuit son chemin. Azolan allonge ses pas, et le voilà de l'autre côté. Il est passé ! Il a envie d'hurler de joie, mais ne veut pas non plus se faire virer maintenant. Alors il sautille sur place, en serrant les poings en signe de victoire. Soudain, sa lampe s'éteint. Avec l'obscurité, l'étreignent les remords. En une seconde, Azolan passe de l'euphorie au doute. Qu'est-ce qu'il pourra bien raconter aux autres ce soir dans la Zapatutte ? Et s'il s'y retrouvait tout seul ? C'est ça qu'il veut ou non ? Être le super-gagnant ? Être le premier ? Le premier ! Non, s'il y a une chose que Azolan a découverte sur cette île, c'est le sens de l'amitié. Il doit prévenir les autres. Repasser les serpents, ce n'est pas possible. Surtout sans lampe. Mais il doit bien y avoir un moyen d'attirer l'attention des Zapataux pour les faire revenir sur leur pas. Azolan tâte le sol, et trouve quelques cailloux. Il les lance sur les parois, de l'autre côté des serpents. En vain, personne n'entend. Ah, ce qu'il voudrait crier !

Il se laisse glisser le long de la paroi. Il ne faut pas qu'il reste trop longtemps, il va être éliminé, c'est ce chrolaf de Ryan qui va gagner…

Il l'entend justement arriver, ce maudit Ryan. Le garçon peste entre les dents :

– « Des serpents », « des serpents » , j'suis sûr qu'ils bluffent ! Encore un sale coup des Zapataux pour nous perdre, ça.

– Salut Ryan. Fais gaffe où tu mets les pieds, c'est infesté de serpents corail par ici.

– Qui est là ?

– C'est moi, Azolan.

– Et t'es où ?

– De l'autre côté des serpents. Mais si tu veux que je t'explique comment je suis arrivé là, il faut que tu ailles chercher mes amis. Tous mes amis…

– Même pas en rêve !

– Alors bon courage…

Chapitre 18

Ryan a fait demi-tour. Il est allé chercher les Zapataux. En chemin, il a croisé quatre autres égarés dans ces artères de la nuit. Il n'est pas du genre à pratiquer le tri sélectif, il a embarqué tout le monde ! Azolan a pu faire son exposé devant une assistance très attentive. Le Tigre expert en serpents a convenu que c'était possible : il ne connaissait pas cette espèce de faux serpents corail, mais des vrais n'auraient jamais laissé Azolan traverser vivant !

Les candidats qui ont eu la chance de croiser Ryan ont donc tous pu passer l'épreuve des serpents. Élie et Margot manquent toujours à l'appel, mais il n'est vraiment plus possible de les attendre.

Enfin, après encore de longues minutes de marche, les candidats ont un premier espoir : ils perçoivent au loin une lumière ! Les deux premiers se mettent à courir jusqu'au rai. La sortie est là, effectivement. Mais au moins à dix mètres de haut… Pas question de se faire la courte échelle, même les meilleurs acrobates du meilleur cirque n'y parviendraient pas. Chacun reprend sa route. Les cinq Zapataux ne se quittent plus.

– On va finir perdus dans cette grotte, se lamente Amir. On retrouvera que nos squelettes !

– T'inquiète pas, tente de le rassurer Lina. (La fille veille vraiment à ne pas énerver de nouveau son ami. Après tout, elle n'est pas plus rassurée que lui.) Je crois qu'ils veulent que nous craquions, mais on va tenir. Cette sortie n'est forcément plus loin, il suffit pour cela de suivre…

– L'eau ! (C'est Azolan qui a failli crier.) L'eau, là, au pied de la paroi. Vous sentez le filet ? Si on le suit, il nous mènera forcément dehors. La source va à la rivière, la rivière à la mer…

– C'est une super idée, s'enthousiasme Lina. Allez, la sortie est proche, j'en suis sûre, allons-y.

Les Zapataux se collent au mur et avancent les pieds dans l'eau. Elle est carrément gelée, mais ils feront les difficiles plus tard ! Teiki et Korka se sont lâchés pour pouvoir suivre la piste mouillée sans se tromper. Oui, ils vont bientôt revoir le soleil !

Korka porte des tongs, et dans l'eau, se tord les pieds. Ah non, ce n'est pas le moment de se blesser ! Elle s'arrête une seconde pour les enlever et reprend la marche. Mais soudain, elle a un drôle de sentiment : elle est seule, seule dans ce noir !

La panique la submerge complètement. Non, elle ne peut pas rester seule dans le noir, ce n'est pas possible. Elle se met à appeler, doucement d'abord : Teiki… Azolan… Lina… Puis, face au seul silence qui lui répond, elle se met à hurler : AZOLAN ! LINA ! AMIR ! TEIKI ! Et à pleurer.

À une centaine de mètres à peine de là, ses amis l'entendent :

– Elle panique complètement, je vais aller la chercher, propose Azolan.

Parce que la vie est cruelle, le garçon aperçoit à cet instant le rai de lumière qui cette fois annonce vraiment la sortie.

– Va vite, lui conseille Amir, ou tu seras éliminé.

– Elle, elle l'est forcément, réalise effrayée Lina. Elle a hurlé, elle a pleuré, c'est fini pour elle. Tu devrais peut-être franchir la ligne d'arrivée et revenir la chercher.

Pas un Zapatail présent ne défend l'idée de Lina. Mais pas un ne la dénonce non plus. Si près de l'arrivée, c'est tentant. Teiki n'en mène pas large. C'est lui le co-équipier de Korka. Ce serait à lui d'aller la…

– Allez-y ! tranche finalement Azolan, moi je vais la chercher.

Il a bien assisté sur ce « Moi », adressé tout particulièrement au chevalier servant Teiki. Son ami tahitien, comme les autres, rentre les épaules mais ne se le fait pas dire deux fois. Azolan, lui, repart sur ses pas, vers les cris qui redoublent de plus belle.

– Azolan, Teiki, Lina, vous êtes où ? Vous êtes où ?

J'arrive, pense Azolan. *Calme-toi, Korka, je t'en prie, j'arrive. Fais-moi confiance.* Comme le garçon aimerait que son amie entende ses pensées ! Mais au lieu de cela, elle panique de plus en plus. Pire encore, elle s'est remise en marche, et part dans le sens opposé à la sortie et à Azolan. À cet instant, le garçon sent tout le sens de la seconde à venir : ça se joue entre son rêve le plus fou et son amie.

Il hurle :

– Korka calme-toi je suis là ! Je viens te chercher ! Ne bouge pas et attends-moi !

Enfin les cris se calment. Azolan rejoint Korka, qui se blottit dans ses bras.

– Viens, on va marcher vers la lumière, lui dit doucement Azolan. Elle n'est pas loin.

Quand enfin la clarté est suffisante pour que les deux enfants se voient, Korka s'arrête. Elle plonge son regard noir dans celui de son ami.

– Azolan, je t'ai fait crier. Tu vas être viré, à cause de moi. C'est grâce à tes connaissances qu'on est passés, et tu vas être viré à cause de moi… Je suis une grosse nulle.

– Non, tente de la consoler le garçon. Tu as peur du noir, on peut rien faire contre ça. Mais tu as fait un super parcours, je suis sûr que ta sœur n'aurait pas fait mieux !

– Ma sœur ? (Korka semble tout étonnée, comme si le sujet était complètement incongru. Ses larmes repartent de plus belle.) Il faut que je te parle de ma sœur…

« Sauve qui peut ! » **Fiche candidat N°4652589**
Casting : Afrique, Côte d'Ivoire
Prénom : Korka
Nom : Aman
Signe particulier : a une grande sœur handicapée moteur, qui ne peut ni bouger ni parler. En souffre beaucoup.
Avis du jury : peur du noir et claustrophobe, ne tiendra pas deux minutes l'épreuve de sang-froid.

« Sauve qui peut ! » **Fiche candidat N° 3026874**
Casting : Île de la Réunion
Prénom : Azolan
Nom : Hoarau
Signe particulier : très mauvais élève en classe. Surnommé l'« Âne Zolan » par les enfants de son école. Grand complexe d'infériorité.
Avis du jury : devrait développer une grande envie d'épater les autres et d'être admiré.

Chapitre 19

Azolan et Korka ont l'air si bien, bras dessus bras dessous en sortant de la grotte, que Lina, Teiki et Amir ne sont presque pas déçus pour eux qu'ils soient éliminés.

Sauf que ça fait deux Zapataux en moins. Auxquels il va falloir ajouter Élie et Margot, à moins que…

Que oui ! Les huit rescapés, les seuls à avoir franchi le « passage aux serpents » comme il a été surnommé, n'en croient pas leurs yeux : ce sont bien Élie et Margot qui sortent de la grotte, juste deux minutes avant la fin de l'épreuve !

– Comment vous avez su, pour les serpents ? leur a demandé, toute joyeuse, Lina.

– Ils vous ont pas avalés tout cru, dommage ! lance Ryan.

Mais sa tentative de briser l'ambiance échoue. Les Zapataux sont trop heureux de se retrouver à cinq. En ignorant la vanne, Margot répond à Lina :

– On n'a pas su, on a deviné. C'est un coup d'Élie, ça. Il a compris que vous aviez pu passer. Des candidats nous ont dit qu'ils croyaient vous avoir croisés dans le coin des serpents. Ils n'en étaient pas sûrs, forcément, à cause du noir.

– Eh, le raisonnement était simple : si vous étiez pas là, c'est que vous étiez de l'autre côté. (Élie fanfaronne.) On n'était pas fiers quand on a parcouru les quelques mètres au milieu des serpents, mais on a… gardé notre sang-froid ! Margot a été super…

Margot vire au rouge écarlate. Élie, bien loin des effets que son compliment a produits, poursuit son récit :

– Pour moi, c'était plus simple. J'ai un copain qui a un serpent. Des fois, je l'accompagne dans des maisons abandonnées, on cherche des souris pour nourrir son animal. Je l'ai déjà porté plusieurs fois.

Quand toute cette histoire sera finie, il faudra penser à aller lui serrer la pince, à cet ami. Grâce à lui, sur les dix derniers, il y a cinq Zapataux. Et c'est un vrai exploit. Parce que cette chrolaferie d'épreuve de sang-froid a laissé vingt-et-un candidats sur le carreau.

– Mon père va être trop fier de moi ! sautille de joie Amir. Dans les dix premiers de la classe, ça m'est jamais arrivé ! À part en maternelle quand on se mettait en rang pour la distribution de bonbons ! Je suis sûr que mon père n'en peut plus devant sa télé.

La joie du plus Zapatail des Zapataux fait vraiment plaisir à voir. Pourtant Lina a peur qu'il s'emballe :

– Eh Amir, calme-toi un peu, c'est pas tout à fait fini. Va savoir ce qu'ils vont nous trouver !

– Et si on se mettait tous dans la même hutte ?

L'idée de Manon n'est pas bozoï du tout. Cette fille n'est pas une Zapatail mais elle est cool, comme Romane, sa copine toujours en course. Effectivement, ils pourraient s'installer tous dans la même hutte. Tous les rescapés ont eu bien peur pendant cette épreuve de plim. Alors oui, ça serait peut-être bien de loger tous ensemble dans la même hutte. Seul hic : Ryan. L'idée de dormir sous le même toit — même en paille — que ce crâneur colle des boutons à Amir. Genre boutons de varicelle qui grattent bien. En plus, Erwan et Damien, les deux autres garçons qui ont réussi l'épreuve, sont en admiration complète devant lui. Heureusement que les Zapataux sont majoritaires dans la

Zapattutte. Alors oui, pourquoi pas tous dans la même hutte ? !

Sauf que… sauf que ce chrolaf de Ryan… ronfle !

Si.

Le lendemain matin, sur dix candidats, neuf ont des cernes. Le dixième a été prié de s'installer dans la hutte d'à côté. Il a refusé. Il a sûrement peur du noir lui aussi…

Heureusement, c'est une journée repos. Mer, plage, foot. Léo a eu l'idée d'organiser un match : candidats contre animateurs. Il faut dire que les encadrants sont aussi nombreux que les encadrés maintenant ! *Dommage que Korka ne soit plus là, elle aurait eu Willy pour elle toute seule. Enfin, elle a sûrement Azolan pour elle toute seule…* Perdu dans ses pensées, Teiki se demande où sont ses amis. Déjà dans un avion ? Ils n'en ont pas vu dans ce ciel limpide depuis le début de l'aventure. Même pas celui qui a livré les vivres, il a dû passer pendant la nuit. Les candidats éliminés repartent peut-être en bateau. À moins qu'ils attendent tous sur une partie de l'île qu'ils n'ont pas encore explorée.

En attendant donc cette grande rencontre de foot de plage, les Zapataux décident d'aller se baigner. Parce que ce ne sont pas des mufles, ils proposent aux autres de les accompagner. Parce qu'ils ne sont pas non plus masochistes, ils sont bien contents que Ryan et ses deux fans refusent. Et dire qu'il va falloir jouer dans la même équipe qu'eux ! Ils mettent à peine le pied à l'eau quand Léo vient les chercher en courant :

– Les enfants, vite, venez !

– Qu'est-ce qui se passe ?

Pas besoin d'attendre la réponse de l'animateur. En se retournant, les enfants aperçoivent le Grand Consul. Ça devient une habitude de débarquer entre deux épreuves ! Que va-t-il bien pouvoir leur annoncer comme catastrophe cette fois-ci ?

En remontant la plage pour rejoindre le point de rassemblement, Amir examine en détail le présentateur. Il porte une fois de plus son treillis turquoise. La tenue est impeccable, pas même une marque de transpiration malgré la chaleur accablante. *Ce type n'est pas humain !* se dit le garçon. *Il fait quarante à l'ombre, et on dirait que non seulement il sort de la douche, mais qu'en plus il a pris le temps de se sécher les cheveux et de mettre du gel avant de venir !* Lina, elle, ne perd pas de temps à étudier le look du Grand Consul. Sa visite l'inquiète vraiment. Et si les bêtes étaient revenues ? Et s'il était arrivé un truc à ses parents ? Et si Margot et Élie avaient en fait triché dans la grotte ? Mais comment auraient-ils…

Le Grand Consul aura au moins fait une chose positive dans cette histoire : il tire Lina de ses pensées qui s'emballaient dangereusement !

– LES DIX DERNIERS ! BELLE ÉQUIPE ! IN-AT-TEN-DUE…

L'homme fixe Amir en articulant bien ce dernier commentaire. Mais le garçon ne relève pas. Il sera plus fort que lui.

– Pense à ton père, lui murmure Teiki. Gâche pas tout !

Amir lui répond d'un simple clin d'œil. Déçu de son effet manqué, le Grand Consul poursuit :

– PUISQUE VOUS ÊTES… TOUS DE POTENTIELS HÉROS, NOUS AVONS DÉCIDÉ D'ACCÉLÉRER LE RYTHME DES ÉPREUVES ! FINIES LES JOURNÉES DE REPOS, VOUS N'EN AVEZ PLUS BESOIN !

Les cris de protestation qui émanent du petit groupe ne semblent pas émouvoir l'homme.

– LA PROCHAINE ÉPREUVE VA COMMENCER TOUT DE SUITE ! SI JE ME RÉSUME : J'AI DEVANT MOI DES ENFANTS AGILES, DÉBROUILLARDS, FORTS, QUI SAVENT GARDER LEUR SANG-FROID... QUE LEUR MANQUE-T-IL ? (Il fait maintenant semblant de réfléchir. Quel comédien ! Teiki a l'impression de se retrouver en face de son père quand il cherche comment il va punir sa dernière grosse bêtise.) AH, JE SAIS ! LA PERSÉVÉRANCE... POUR CELA, J'AI UNE PETITE IDÉE...

Ça, les Zapataux se doutent bien qu'il a une petite idée ! Ils imaginent même aisément que ça fait longtemps. Qu'il n'a pas dû débarquer sur cette île sans une petite fiche bien préparée par épreuve. Le téléspectateur qui mange tranquille ses chips avachi sur son canapé en regardant l'émission peut lui faire confiance : le Grand Consul va encore sortir une super-trouvaille. Genre « Construisez-moi un radeau en un après-midi », ou « Videz-moi la mer avec vos bols de petits-déjeuners ». Les enfants sont écœurés que les règles du jeu soient chamboulées au bon vouloir du présentateur. Ce dernier reprend son discours d'une voix mièvre :

– NE VOUS INQUIÉTEZ PAS ! NOUS ALLONS ENCHAÎNER AVEC UNE ÉPREUVE QUI NE VOUS ÉPUISERA PAS. C'EST PRESQUE... UN PASSE-TEMPS QUE NOUS ALLONS VOUS PROPOSER !

Du style, attraper les bêtes qui ont avalé les stocks ? Escalader le volcan à cloche-pied ?

– VOUS ALLEZ TOUT SIMPLEMENT FABRIQUER DES COLLIERS DE COQUILLAGES !

– Quoi ? !?

Oui, pas besoin de l'écrire deux ou trois fois : le cri est sorti d'une seule voix. Les dix en même temps ! Ryan et Élie à l'unisson ! Les candidats s'attendaient à tous sauf à ça. Les futurs héros vont enfiler des perles…

– C'est complètement bozoï ! commente Manon.

Les Zapataux la regardent, éberlués. C'est leur mot ! La fille ne se démonte pas :

– Vous saviez pas que tout le monde sur l'île avait repris votre langage ? C'est même les animateurs qui nous ont filé le truc ! (Comme si elle voulait regagner les faveurs des Zapataux, Manon poursuit.) Même que Ryan a essayé lui aussi d'inventer ses mots mais ça n'a pas marché.

– Sûr ! rétorque Amir en fixant ostensiblement Ryan, faut une cervelle pour ça.

– Tu verras quand on sortira de là…

– Qu'est-ce que tu vas faire, tu vas m'envoyer les employés de ton riche papa ?

Bizarrement, le Grand Consul n'essaie pas de les interrompre. Il semble savourer la scène. Lina repense alors à toutes les caméras installées partout :

– Arrêtez les gars. Tout le monde vous regarde. (Devant l'air étonné des deux garçons, elle se sent obligée de préciser.) Tout le monde à la télé !

Le Grand Consul profite du calme retrouvé :

– C'EST SIMPLE, JE VEUX UN COLLIER DE COQUILLAGES. ALLEZ, COMME JE SUIS GENTIL (« Gentil », c'est bien ce qu'il a dit, je ne me trompe pas en l'écrivant ?) ET QUE CE N'EST PLUS UNE ÉPREUVE DE DÉBROUILLARDISE, JE VAIS VOUS INDIQUER OÙ TROUVER LA MATIÈRE PREMIÈRE. EN DÉCOLLANT LÉGÈREMENT L'ÉCORCE DES ARBRES, VOUS RÉUSSIREZ À TIRER DE TRÈS FINES LIANES QUI VOUS SERVI-

RONT DE FIL. POUR LES COQUILLAGES, JE PENSE QUE VOUS N'AVEZ PAS BESOIN D'EXPLICATION. CHOISISSEZ UNE FINE PIERRE POINTUE POUR PERCER LES COQUILLAGES.

Et maintenant ? Elle est où l'astuce ? Le dernier petit détail qui va transformer cette épreuve apparemment anodine en vrai cauchemar. Eh, c'est qu'on commence à le connaître, notre bourreau !

– AU FAIT, J'OUBLIAIS DE PRÉCISER…

Qu'est-ce qu'on disait…

– C'EST UNE ÉPREUVE INDIVIDUELLE, FORCÉMENT. PAS QUESTION DE FAIRE LE TRAVAIL DES AUTRES. DÉSOLÉ CHÈRE LINA ! (La Zapatail n'apprécie pas de voir sa gentillesse mise en avant par ce type.) D'AILLEURS POUR ÉVITER TOUTE TENTATION, J'AI EU UNE IDÉE…

Ah, voilà donc le fin mot de l'histoire…

– CHACUN D'ENTRE VOUS VA PASSER LA JOURNÉE AVEC UN ANIMATEUR. COMME ÇA, VOUS NE TROUVEREZ PAS LE TEMPS TROP LONG.

– Pourquoi la journée ? Faut moins de temps que ça pour faire un collier, l'interpelle Ryan.

Décidément, on n'est loin du temps où tout le monde tremblait ou fayotait devant le présentateur. C'est peut-être ça aussi, devenir un super-héros !

– LES PETITES CHOSES SONT PARFOIS MOINS AISÉES À RÉALISER QUE LES GRANDS ACTES, MON GARÇON. VOUS AVEZ JUSQU'À CE SOIR DIX-HUIT HEURES POUR ME PRÉSENTER UN COLLIER D'AU MOINS TRENTE CENTIMÈTRES. JE PRÉCISE POUR LES PETITS RIGOLOS.

Le Grand Consul descend de la gloriette, et lance :

– SOUVENEZ-VOUS : UN SEUL EST LE SUPER-HÉROS DE DEMAIN !

Chapitre 20

C'est sympa, finalement, cette idée de passer une journée en tête à tête avec un animateur. En plus, ils sont tous franchement gentils, il n'y a pas de risque de mauvaise pioche. Enfin si, pour l'animateur qui va se coltiner Ryan toute la journée !

Élie est parti avec Zoé. Le garçon était très fier qu'elle ait spontanément proposé de l'accompagner. Margot et Lina, elles, ont, moins apprécié… Mais Lina a vite oublié : Léo lui a promis de lui montrer un arbre dont elle tirerait facilement des fils à la fois fins et solides. Amir est parti avec Willy. *Tant mieux*, se réjouit le garçon, *c'est de loin le plus drôle de la bande !* Les duos se sont formés en une minute à peine, comme si les animateurs avaient fait leur choix au préalable. Élie imagine les négociations : *Allez, sois cool, laisse-moi Amir ! Moi, je veux Lina ! Bon, ok, je prends Ryan, mais ce soir, vous me filez tous votre part de mangue…*

Margot est avec une animatrice très cool, Noémie. Elles ne se connaissent pas bien, parce que Noémie s'est plus particulièrement occupée des Invincibles jusqu'à aujourd'hui.

– Mais on a toute la journée pour rattraper le temps perdu, c'est super !

Au début, Margot a en effet trouvé ça « super ». Elle qui se voyait déjà collant la pâtée de leur vie aux animateurs au foot de plage, se retrouve à passer sa journée à faire un collier. Alors oui, autant le faire en papotant. Mais au bout d'une heure à peine, elle a compris que ce ne serait pas si simple que ça. Face à son arbre, la pauvre fille essaie désespérément de tirer une liane de trente centimètres pendant que Noémie lui raconte ses souvenirs d'école. Et elle n'en est qu'au collier de pâtes qu'elle avait fait pour la fête des mères en dernière année de maternelle. Dur dur d'essayer d'être la super-héroïne de demain…

Manon est avec Marco. C'est le plus petit animateur en taille. Il aurait vraiment l'air ridicule à côté de Willy ou Léo s'il n'était pas… si beau. Ce type a un si joli visage que ç'en est presque difficile de le regarder. Depuis qu'elle participe à « Sauve… qui peut ! », Manon a décidé de ne plus s'en faire avec ses kilos en trop. Après tout, ils ne l'ont pas empêchée d'être sélectionnée ! Mais là, seule avec ce beau jeune homme, elle sent ses complexes revenir au galop. Elle a dû se mouiller pour trouver des coquillages intacts. Ceux de la plage étaient pour la plupart fendillés. Elle est convaincue que son T-shirt mouillé colle à ses bourrelets. Elle se surprend à tirer nerveusement dessus pendant que Marco lui parle, ou à chercher la position assise qui cache le plus ses cuisses qu'elle trouve soudainement très grosses. Ce qui n'est peut-être pas la priorité quand on doit passer les prochaines heures à enfiler des coquillages dans une liane…

Élie, lui aussi, est impressionné d'être en si charmante compagnie. Au début, il a même du mal à se concentrer sur l'épreuve. Heureusement, en plus d'être l'animatrice la plus sympa, Zoé est aussi celle qui a appris à l'île entière à tresser des bracelets. Elle n'a pas le droit d'aider manuellement le garçon mais ses conseils sont très précieux. Ensemble, ils choisissent les bons matériaux. Alors que le choix d'Élie se porte sur de beaux coquillages nacrés, elle le met en garde :

– Ne prends pas des coquillages trop gros. Ils briseraient les fils. (Avisant le tout petit qu'Élie vient de prendre à la place, elle rigole.) Pas trop petits non plus, parce que là, c'est eux qui se casseront !

Amir et Willy sont bien loin de ces préoccupations esthétiques. Non, entre ces deux-là, il est plus question d'étymologie. Willy veut connaître tout le dictionnaire Édition Amir. Et surtout comment il a choisi ses mots. Le garçon s'exécute mais l'exercice est périlleux : il ne faudrait pas non plus prononcer un seul des mots interdits ! Alors il propose à son grand ami un cours de langue vivante : Amir lui dit une phrase, à Willy de trouver le sens ! Comme par exemple, « Ta malouf, tu m'emplimes avec tes chrolaferies d'histoires », ou « Zouli de plim, cette bozoïerie de console vidée est encore kapatée ». (Je vous avais prévenus, Amir peut être vraiment vulgaire quand il le veut…)

Faire un collier de coquillages, pff ! Franchement, Ryan vaut bien mieux que ça. Il est venu dans cette émission pour en découdre ! Pour exhiber ses muscles, afficher son sourire vainqueur, secourir les candidates en danger ! Sûrement pas pour faire des travaux manuels. Sur le coup, il a été content quand le Grand Consul a annulé le foot. Même dans son équipe, cette peau de vache de Margot aurait sûrement cherché à l'humilier. Elle aurait sûrement réussi aussi, faut bien l'avouer. Mais cette épreuve le déçoit forcément. Pour tout arranger, il est accompagné de Julien. Il est sympa, Julien, c'est pas la question… mais il n'a pas le charme de Zoé ou d'Estelle. Dans cette épreuve, c'est ce veinard d'Élie qui a remporté la première manche. Mais Ryan n'a pas dit son dernier mot. Perdu dans ses pensées, il arrache nerveusement une liane du tronc. Mais une fois encore, il a tiré trop fort, elle s'est déchirée. Il est bon pour recommencer.

Jamais elle se tait ! C'est pas possible ! Margot a fini au bout d'une heure et demie par décrocher un fil de liane de trente centimètres. Le tout sous les blablas de Noémie. Elle a pu souffler un peu quand elle a pêché les coquillages. Et encore, à moitié seulement ! Il n'y a que la tête sous l'eau que Margot n'entendait plus l'animatrice et il fallait quand même bien reprendre son souffle de temps en temps. Installée à l'ombre d'un palmier, Margot tente maintenant de percer les coquillages sans les casser, ce qui n'est pas évident. Premièrement, parce qu'elle n'est vraiment pas manuelle. Deuxièmement, parce qu'avec le débit incessant de Noémie, ce sont ses tympans qui seront percés en premier.

– Encore une épreuve que tu vas passer sans souci !

Le visage pourtant bien halé de Lina s'empourpre. Le compliment de Léo l'a touchée. L'animateur s'en est rendu compte et il en ajoute volontairement une couche :

– Faut pas avoir l'air étonnée comme ça, Lina ! T'es quand même bien consciente que tu es de loin la meilleure candidate, non ? Nous les animateurs, on en est tous convaincus.

– T'exagères, proteste Lina, un peu pour la forme. Margot par exemple est beaucoup plus sportive que moi !

– Margot, tu verras qu'elle ne passera pas cette épreuve !

– Comment tu sais ça ? s'inquiète Lina, tout à coup suspicieuse.

– Je le sais pas, je le devine. (Léo semble bien ennuyé.) Rappelle-toi quand Zoé vous a appris à faire des bracelets, Margot a abandonné tout de suite. Elle n'aime pas les choses qui demandent de la précision.

En effet, Lina se souvient bien de cet épisode, même s'il lui semble bien lointain : tant de choses se sont passées depuis. Léo, qui la sent perdue dans ses pensées, en profite pour passer à l'attaque :

– Ce jour-là, c'est toi qui lui as donné le tien. Et pour les sacs, c'est toi qui as eu l'idée que vous vous portiez… Et Matthieu, tu avais eu peur pour lui, alors que tu le connaissais à peine.

– Oui mais Ma…

Oh la ! Lina a failli se faire éliminer bêtement en nommant un candidat éliminé. Heureusement que Léo a immédiatement posé sa main sur la bouche de la jeune fille. Son geste les a surpris tous les deux mais, peu importe la forme, Lina lui est reconnaissante pour ce sauvetage *in extremis*.

– Tu te soucies beaucoup des autres. C'est ce que je voulais te dire. C'est bien, c'est super, même. Mais tu devrais réfléchir un peu. Est-ce que tes amis en feraient autant pour toi ?

– Oui ! C'est sûr…

Ah bon, si sûr que ça ? Alors pourquoi Lina a-t-elle prononcé ce « sûr » d'un ton qui ne l'était pas ? Repensait-elle à cette épreuve de force où Élie les avait tous plantés et était parti seul devant ? Comme si c'était possible, Léo sème encore plus le trouble :

– C'est bien de ne pas être égoïste, Lina. Mais il ne faut pas en devenir idiote. Est-ce que tu rends vraiment service à celui que tu feras gagner à ta place ? Est-ce que ce serait honnête par rapport aux autres candidats ? Promets-moi que tu te poseras la question en temps voulu.

Lina est beaucoup plus perturbée par ce qu'elle vient d'entendre qu'elle ne voudrait l'être.

– C’est promis, marmonne-t-elle en perçant son dernier coquillage.

Allez, encore un peu de patience et de minutie ! Manon est sur le point de terminer son collier. Elle s’est presque habituée à la présence de Marco, à son regard turquoise posé sur ses doigts boudinés, au sourire si charmeur dont il ponctue chaque fin de phrase. Elle va passer cette épreuve, elle va franchir ce pas supplémentaire vers la finale. Vers la victoire ?

– Je trouve que ça serait super que tu gagnes.

En plus Marco lit dans les pensées ! Ce type a tout pour lui…

– Franchement, je dis pas ça pour te flatter !

Manon veut bien le croire : elle n’a pas vraiment l’habitude qu’on la flatte !

– Mais pour être franc, je trouve que ce serait un beau pied de nez à tous ces frimeurs !

– Tu veux parler de Ryan ?

– Oui, mais pas seulement ! Trop de personnes ici ne s’arrêtent qu’au physique des gens.

Parce que toi, ça te dérange qu’on te trouve si beau ? a bien envie de lui demander Manon. Mais bien entendu, elle n’ose pas et le laisse poursuivre.

– C’est vrai que Ryan crâne beaucoup. Mais il n’est pas le seul. Élie en fait autant. Margot est très fière de ses jambes musclées, il suffit de voir comme elle les tâte dès qu’elle est assise. (À ces mots, Manon essaie d’enfouir les siennes dans son T-shirt.) Mais la pire, c’est sûrement Lina ! Avec les autres animateurs, on a remarqué qu’elle aime bien se poster près des caméras – elle a dû les repérer– et se recoiffer négligemment, ou laisser glisser ses mains le long de ses hanches. Fais attention, tu vas voir que c'est vrai ! Tu sais qu'elle a été sélectionnée pour ça, pas du tout pour ses qualités de héros ?

– Ben j'aimerais bien savoir sur quels critères j'ai été prise, tu vois !

Manon regrette aussitôt sa remarque. Nerveusement, elle passe le dernier coquillage dans la fine liane et noue le collier.

– Voilà, c'est fini !

– Manon, tu as été sélectionnée sur tes qualités de cœur. Et personne n'a regretté ce choix. Tous les animateurs t'adorent et il paraît que t'as une super côte de popularité auprès du public... tout ça malgré les railleries des autres candidats. (Comme s'il avait pu de ce geste effacer ses derniers mots, Marco porte sa main à la bouche) Oublie ce que je viens de dire !

Mais Manon n'a pas du tout envie d'oublier et son regard inquisiteur le fait bien comprendre à l'animateur qui cède :

– C'est rien que des blagues nulles, Manon. Les Zapataux ont dit que t'avais suggéré de venir dans leur hutte parce que les hamacs de ta hutte avaient dû craquer sous ton poids. De l'humour idiot, je te disais. Il faut dire que personne ne donnait cher de ta peau dans les épreuves physiques. Mais tout ça, ce sont des préjugés idiots. Faut pas t'arrêter à ça, conclut l'animateur en posant gentiment sa main sur l'épaule dodue.

Prends mes kilos en trop une seule journée et tu verras si tu t'arrêtes à ça ou pas ! voudrait lui hurler Manon. Mais elle serre les dents :

– J'ai fini, on y va ?

Grâce aux conseils avisés de Zoé, Élie a fini son collier de coquillages dans les temps.

– Bravo, le félicite l'animatrice aux tâches de rousseur. En plus, il est beau !

– Je te l'offrirai, si tu veux. (Le garçon marque un temps d'hésitation) En souvenir de cette bonne journée.

Zoé sourit intérieurement de la soudaine timidité d'Élie.

– Merci, ça sera un beau souvenir.

Alors qu'ils se dirigent vers le point de rassemblement, ils aperçoivent au loin Ryan. Zoé freine alors Élie en attrapant son bras.

– Élie, fais attention. Ce garçon te déteste vraiment. Je crois qu'il est jaloux.

– Pourquoi il serait jaloux ? Faut reconnaître qu'il est pas mal physiquement, ses parents ont plein d'argent, il vit aux États-Unis…

– Oui, mais il trouve peut-être ça trop facile. Je crois qu'il t'envie ta vie plus mouvementée. Il raconte à tous ceux qui veulent bien l'écouter que t'es un affabulateur qui invente tout.

– Invente quoi ?

En une minute à peine, Élie a viré du rouge timide au vert de rage.

– Les serpents, les gangs et tout ça…

– Comment il saurait pour les gangs ? Y'avait que les Zapataux quand j'en ai parlé !

– Je sais pas, moi. (Zoé semble affolée par la réaction du garçon.) Mais c'est pas grave, je voulais juste te mettre en garde. Ne gâche pas tout si près de la victoire. Nous les animateurs, on est tous persuadés que tu es celui qui doit gagner.

Un peu déçu… quand même !

– C'est pas ce qui était prévu !

– Comment ça ? Pas ce qui était prévu ? T'as bien entendu, non ? On a des supers scènes de confidence entre les animateurs et les candidats. Léo qui sauve Lina en mettant ses mains sur sa bouche, c'est excellent ! Le pire, c'est que c'était complètement improvisé !

– Oui, mais Marco devait nous dégager la grosse. Elle devait s'asseoir sur son collier, rappelle-toi. C'est ce qui était prévu, il n'était pas au courant ?

– Si, bien sûr ! J'ai tout de suite appelé l'île, ses oreilles ont chauffé.

– Oui mais ça ne suffit pas. Qu'il me rattrape le coup et vite fait !

– OK, OK… On y va pour Teiki comme prévu ?

– Bien sûr ! Il n'est pas question qu'il s'approche de la finale. T'as lu les sondages dans le magazine « Télétouletan » ? Il n'est même pas dans les dix candidats préférés des téléspectateurs.

– Mais les autres seront furieux ! Et ça ne va pas arranger les relations entre Ryan et les Zapataux !

– Non, mais est-ce qu'on a envie qu'elles s'arrangent ? (La question n'attendait visiblement pas de réponse !) Au fait, tu féliciteras la petite Noémie pour moi. Quelle efficacité…

Chapitre 21

Ça alors, le Grand Consul est en retard ! Incroyable ! À dix-huit heures, tous les candidats et les animateurs sont là, mais pas le général en chef du petit écran.

– Normal, on a dix minutes d'avance ! s'exclame soudain Léo. J'avais complètement oublié que ma montre avançait.

– Et la mienne aussi ! répondent presque en chœur les neuf autres animateurs.

Ils sont ridicules… De toute façon, dix minutes, ça ne changera pas l'issue de l'épreuve. Margot tape nerveusement du pied dans le sable. Pour elle, c'est fini. Elle n'est pas parvenue à faire cette chrolaferie de collier. Mais au moins, elle n'entendra plus Noémie ! Erwan non plus n'a pas réussi. Il a bien enfilé des coquillages sur un bout de liane mais le tout ne fait pas plus de dix centimètres. Ça passerait à peine pour un bracelet. Ryan manipule avec précaution sa réalisation : elle n'a pas l'air très résistante.

Teiki, lui, porte fièrement son œuvre autour du cou. Eh, ça sert à quelque chose d'avoir grandi à Tahiti, même si on n'y fait plus de colliers de fleurs que de coquillages.

– J'ai chaud, j'irai bien me baigner vite fait dans la cascade, lance Élie.

– Bonne idée ! lui répondent les Zapataux.

– Manon, Romane, vous venez ?

– Non, bougonne Manon.

– Qu'est-ce qu'elle a ? s'inquiète Lina.

– Oh, elle a peut-être juste peur de manquer le Grand Consul ! charrie Élie.

Manon les regarde s'éloigner, Romane y compris, sans même se retourner. Marco a raison, ils n'en ont rien à faire d'elle.

– C'est pas grave, viens t'asseoir ! la console l'animateur.

La jeune fille s'exécute. Elle pose son collier entre eux et commence à faire filer le sable nerveusement entre ses doigts.

– Tu sais ce qui est dur, Marco ? C'est que toute ma famille aura entendu leurs blagues nulles.

– Non Manon. Ils t'auront vue à l'œuvre. Ils seront très fiers de toi. (Saisissant son collier, il lui met sous le nez) Regarde ton œuvre d'aujourd'hui, elle est magnifique ! (Joignant le geste à la parole, il se le passe autour du cou) Ça me va bien, non ?

– Tout te va bien, lui rétorque sans amertume Manon. Allez, rends-le moi, le Grand Consul va arriver.

Marco tend le cou pour qu'elle le récupère. Tandis que Manon tend les bras vers lui, il lui sourit. Ce type est gentil. Tant pis pour les autres ! La jeune fille attrape son collier. Il est temps, le Grand Consul apparaît. Mais au moment où elle passe la tête de Marco, celui-ci perd légèrement l'équilibre. Manon le voit basculer et tente de retenir son collier. Mais il est accroché dans les cheveux de l'animateur qui crie.

– Eh merde ! s'exclame Manon.

En une seconde, le rêve s'est brisé. Pas à cause du gros mot, non. C'était déjà trop tard. A cause d'un bel animateur trop gentil. D'une mèche dans laquelle s'est coincé son collier. Le fil a craqué. Le jeu est terminé. Manon entend les Zapataux qui reviennent en riant de leur baignade express. Elle est surprise de réaliser à quel point elle les déteste.

– Vous savez quoi ? Il paraît que Ryan vit pas du tout aux États-Unis. Que c'est juste un gros frimeur.

Teiki est content de partager avec ses amis le scoop de sa journée. Pour lui, le collier a été une affaire vite classée. Alors avec Jenny, l'animatrice qui l'escortait, ils ont bien eu le temps de discuter. Sans stress, eux !

– Et ce chrolaf raconte des bozoïries sur mon compte. Je vais lui kapater la malouf !

Élie peut lui aussi être très vulgaire quand il en a envie… Ou qu'il en a besoin pour évacuer sa rage ! Tout en s'ébouriffant les cheveux pour les sécher, les enfants accélèrent le pas : le Grand Consul est déjà sous la gloriette.

– ALORS, JE PEUX VOIR CES COLLIERS ? BELLE RÉALISATION, RYAN ! AURIEZ-VOUS DES TALENTS ARTISTIQUES ?

Belle réalisation, et pour cause ! Ryan vient de présenter au Grand Consul le collier fabriqué par… Teiki.

– C'est mon collier ! s'offusque le garçon.

– Je crois pas, répond avec un aplomb incroyable Ryan. Le tien est là, où tu l'as laissé.

– Tu rigoles, c'est le tien, là ! (Teiki s'étouffe presque de rage. Puis, avisant Jenny, il la prend à témoin) Dis-leur, toi, que c'est le mien ! Tu m'as vu le faire toute la journée !

– Oui, mais maintenant que je le vois, je pourrais pas dire pour sûr que c'est le tien. Ils se ressemblent tous, tu sais…

Teiki hallucine. Les autres Zapataux restent cois. A part Margot, qui de toute façon n'a plus rien à perdre :

– C'est dégueulasse !

– SURVEILLEZ VOTRE LANGAGE, MADEMOISELLE, OU…

– Ou quoi ? Vous allez m'éliminer une deuxième fois ?

Les Zapataux pouffent de rire. Sauf Teiki, bien entendu.

– CE CINÉMA A ASSEZ DURÉ, s'impatiente le Grand Consul. TEIKI, AVEZ-VOUS OUI OU NON UN COLLIER À ME PRÉSENTER ?

– Prends celui de Ryan, supplie Lina.

Si Teiki avait eu des mitraillettes à la place des yeux, Ryan aurait été enterré sur cette plage. Avec « Ici-gît le roi des chrolafs » comme épitaphe. Le garçon ramasse le collier de son ennemi et le tend au Grand Consul. Est-ce la main de Teiki qui est trop nerveuse ? L'objet trop fragile ? Les deux sans doute… Juste avant que le Grand Consul ne s'en saisisse, la liane rompt et les coquillages s'écrasent au sol. Le présentateur fixe un instant les morceaux éparses, et commente d'un laconique :

– ÉLIMINÉ !

– Attendez, c'est pas possible, s'interpose timidement Lina. C'est pas son collier, Ryan a échangé…

– SERIEZ-VOUS EN TRAIN DE CONTESTER UNE DE MES DÉCISIONS, LINA ? D'ENFREINDRE LA RÈGLE PRINCIPALE DU RÈGLEMENT ? SERIEZ-VOUS EN TRAIN DE RISQUER L'ÉLIMINATION ?

À cet instant, Lina croise le regard de Léo. *Rappelle-toi notre conversation !* lui hurlent en silence ses yeux.

– Non, chuchote la jeune fille.

– PARDON ? J'AI MAL ENTENDU…

– NON ! crie Lina.

– C'EST BIEN CE QUI ME SEMBLAIT. Comptant du doigt les candidats rescapés, le Grand Consul déclame : SIX ! VOUS N'ÊTES PLUS QUE SIX ! (Fixant Lina, il poursuit) SOUVENEZ-VOUS, UN SEUL EST LE HÉROS DE DEMAIN !

Chapitre 22

Un jour, en classe, Madame Leclerc, la professeur de français d'Amir, a essayé d'expliquer la différence entre « objectif » et « subjectif ». Le garçon avait écouté l'explication d'une seule oreille et, du coup, n'avait été qu'à moitié convaincu ! Mais ce soir, assis sur la plage face à un coucher de soleil d'une incroyable beauté, Amir réalise ce que sa prof avait tenté de leur faire comprendre. S'il était de nouveau en classe avec elle, il pourrait raconter à ses copains comment cette plage extraordinaire, ces palmiers qui chatouillent de leurs grandes feuilles le ciel limpide, cette mer azur, lui semblent bien fades.

Oui, il sera peut-être le futur héros de demain. Oui, au moins la moitié de l'île a appris son langage. Oui, il s'est fait une super bande de copains. Mais à quoi ça sert après l'épisode de cet après-midi ? Lui, s'est éclaté avec Willy. Mais Élie et Lina sont rentrés bien moroses. Quand Manon a été virée, Amir n'a pas levé le petit doigt. Alors que c'est à cause de cet animateur que son collier a cassé. Et Teiki alors ? N'importe quel vrai ami serait monté au créneau pour dénoncer la tricherie, comme Lina a tenté de le faire. Avec les images filmées, ça n'aurait pas dû être très difficile. Mais non, là encore, il n'a pas bronché. Pourquoi ? Pour que son père soit fier de lui ? Pfff…

Perdu dans ses réflexions, le garçon n'a pas entendu Lina s'approcher.

– Allez Amir debout, on va dormir. (Joignant le geste à la parole, Lina tire son copain par l'épaule.) Y'aura sûrement une autre épreuve dès demain, faut qu'on récupère.

Le garçon se relève, se secoue pour enlever le sable collé à ses jambes :

– Voilà Lina ! On va se coucher tôt pour pas être crevés le lendemain, comme les jours d'éval' au bahut. Tu crois pas qu'il y a un truc qui n'a pas marché ?

Amir reste Amir : il a sorti sa tirade sur le ton de la plaisanterie. Mais Lina trouve qu'elle ne manque pas de bon sens. Les deux enfants rentrent en silence.

Sortez les parkas ! Il règne ce soir dans la zapatutte un froid polaire. Romane et Damien tentent bien d'entretenir un semblant de conversation, mais en vain. Ils renoncent rapidement, ce qui arrange bien les autres. Lina, Élie, Amir, et même Ryan, sont plongés dans leurs pensées. Ils se repassent mentalement le film de cette étrange journée. Le départ de Margot, qui peine Élie mais réjouit Ryan, celui de Manon qui les laisse indifférents, même s'il est injuste. Ils peuvent s'offrir un bel arrêt sur image, à cet instant où — ils n'ont pas rêvé —, ils ont entendu l'animateur qui les escortait leur dire : « Nous, on est tous persuadés que tu dois gagner ». Si ça discutait comme « avant » dans la zapatutte, ils réaliseraient qu'on leur a tous dit la même chose. Ça les alerterait sans doute. Mais c'est dans un silence de plomb qu'ils s'endorment.

Le lendemain matin, les enfants sont surpris de voir les animateurs leur proposer de jouer enfin cette partie de foot de plage. D'abord parce qu'ils ne sont plus dix contre dix... Ensuite car, s'ils ont bien compris ce que le Grand Consul leur a annoncé la veille, ils doivent s'attendre à une nouvelle épreuve dès aujourd'hui.

– Nous, on a eu aucune info sur une quelconque épreuve, les rassure Léo. Allez, venez jouer.

– Oui, on mélangera les deux équipes ! propose Willy.

– Moi, j'ai pas trop envie de taper le ballon, s'excuse Jenny.

– Moi non plus… ajoute Marco.

Pas étonnant que ces deux-là tirent au flanc ! Après leur maladresse et leur lâcheté d'hier, ils ne doivent pas avoir très envie d'approcher les Zapataux. *Tiens, Noémie aussi déclare forfait*, remarque Lina. *Dommage que Margot ne soit plus là pour raconter ce qui s'est passé hier.*

Malheureux hasard, Ryan et Amir, dans la même équipe, vont jouer contre Élie. Le match n'est pas arbitré. Et heureusement, l'arbitre ne s'en sortirait pas. Au bout de quelques minutes à peine, il est évident que le ballon n'est qu'un prétexte pour en découdre. Amir est décontenancé. Tout cela n'a aucun sens ! Quand il cède le ballon à Élie après un dribble en bonne et due forme, Ryan s'énerve :

– Va jouer en face pendant que t'y es ! Tu nous feras perdre moins de temps !

– Tu te calmes, lui rétorque Lina. Ce n'est qu'un jeu.

– Ben ouais, la toise Ryan. Comme toute cette émission. Mais il faut à chaque fois que votre équipe de zapanuls triche !

Le garçon a bien appuyé sur son « zapanuls » et les animateurs étouffent difficilement leurs rires.

– Tu sais ce qu'ils te disent, les Zapataux ? s'énerve soudainement Amir. Qu'ils t'empliment. Et bien !

Comme pour conforter les propos de son copain, Élie lance à ses amis :

– Allez venez, on se casse.

Damien et Romane, perdus, décident, eux, de se rapprocher des animateurs.

Élie fait quelques pas, déjà suivi par Amir et Lina.

– C'est ça, les toutous ! Suivez donc votre maître. (Ryan se saisit du ballon qu'il frappe nerveusement). Tu parles d'un chef, un gros gaveur, oui.

Élie ne se retourne pas mais s'arrête. Lina implore les animateurs :

– Dites quelque chose, ça va mal finir. Zoé ? Léo ?

Mais ils ignorent sa supplication. Résignés, ils attendent la joute. *Résignés ou curieux ?* se demande soudainement Lina. Le règlement interdit de se battre, les animateurs le savent bien. Il ne faudrait pas qu'Élie l'oublie. Parce que Ryan n'est pas décidé à arrêter la provocation :

– Tu leur as raconté, à tes copains, que t'avais qu'une petite vie de « plim » comme vous dites. Que le départ de ton père, ton frère dans un gang et tout ça, ça n'existait que dans ta petite cervelle malade ? (Prenant Lina à témoin, Ryan enfonce le clou) T'imagines que t'as kiffé sur un mec complètement mythomane ?

Élie se retourne lentement. Son visage, pourtant bien doré par toutes ces journées au soleil, est blême. Comment ce connard a-t-il bien pu savoir tout ça ? Comment ose-t-il me l'envoyer à la tronche alors que lui aussi est un gaveur de première, Zoé me l'a raconté hier ? Si Élie n'était pas rongé par la colère, il prendrait le temps de réfléchir à ces questions. Il en poserait même une ou deux à Ryan. Mais Élie n'a pas envie de parler. Pas envie non plus d'écouter Lina et Amir qui le supplient de rester calme. Il fonce sur Ryan. Celui-ci affiche un grand sourire vainqueur. Il sait ce qu'il va se passer. Élie serre le poing, replie le bras. Ryan ne cherche même pas à se protéger le visage. Cet abruti n'a pas assez de force pour l'abîmer vraiment. Au pire, il aura un bleu. Élie frappe. Ryan tombe.

– Il m'a frappé, hurle-t-il une fois au sol. Il a enfreint le règlement, il doit être…

– ELIMINÉS !

Ni Amir, ni Lina, encore moins Ryan et Élie n'avaient vu le Grand Consul débarquer. D'un doigt sur la bouche, l'homme avait imposé le silence aux animateurs et aux deux autres candidats.

– ELIMINÉS ! répète-t-il.

– Bien fait ! balance Ryan à Élie. Je savais que je t'aurais. D'une manière ou d'une autre.

Élie ne semble même pas réagir. La colère est tombée soudainement. Il n'est même pas déçu non plus d'être éliminé. Il ne sait juste plus bien où il est. Et pourquoi il est venu. Lina, elle, ne perd pas le fil de l'action :

– Grand Consul, excusez-moi, mais…

– SILENCE ! (Lina sursaute sous la violence de l'ordre). ÉLIE, ÉLIMINÉ, VOUS AVEZ FRAPPÉ UN CANDIDAT. (Se tournant alors vers Ryan, le Grand Consul poursuit sur le même ton) RYAN, ÉLIMINÉ !

– Mais pourquoi ? pleure le garçon, pétrifié.

– PARCE QUE…

– Parce que tu es blessé, lâche Lina.

– Mais c'est complètement injuste ! hurle Ryan.

Ah oui ? Et depuis quand il se préoccupe de ce qui est juste, celui-là ? Il faut lui rappeler la noix de coco piquée, l'élimination de Jules parce qu'il avait provoqué Margot ? Celle de Teiki hier ? Si Amir n'était pas si malheureux de voir partir Élie, oui, il danserait de joie, là, autour de Ryan encore au sol. Piégé à son propre jeu. *Bien fait pour ta malouf, mon gars !*

La guerre des coqs

– Excellent, excellent ! Ils se sont étripés comme on l'avait prévu. Qu'est-ce que t'as, c'est toi qui a l'air déçu cette fois ?

– Il a quand même fallu que le frimeur – Ryan, c'est ça ? – balance à l'autre ce qu'il avait appris sur lui. Nos petites manigances vont finir par se remarquer.

– Et alors ? Les gens adorent ! On explose littéralement l'audimat !

– Faudrait quand même faire attention à ne pas aller trop loin. La Cinq a fait hier une émission complète sur les « dérives de « Sauve… qui peut »». Et « Le Huit Plombes » a carrément appelé les enfants à organiser des manifs dans la rue.

– C'est quoi, ça, « Le Huit Plombes » ?

– Ben c'est le journal de vingt heures pour les gosses, sur « Potes TV ».

– C'est une bonne idée, ça…

– La manif ?

– Non crétin, le journal ! Les deux en fait. Ça nous fait de la pub gratis. « Sauve… qui peut ! », les gens n'ont plus que ça à la bouche !

– Ouais, mais faudrait quand même pas qu'on se prenne le CSA de face. Que nos grands penseurs interdisent l'émission.

– Qu'est-ce que tu veux qu'ils aient le temps de faire ! La finale est en marche !

Alors tu paries sur qui : la fille, Lina ? Le petit arabe rigolo ? Pas les deux autres quand même… C'est qui, pour toi, le grand gagnant ?

– C'est nous !

Chapitre 23

– QUATRE ! VOUS N'ÊTES PLUS QUE QUATRE ! ET UN SEUL EST LE HÉROS DE DEMAIN ! (Le Grand Consul jette un œil hautain sur Élie et Ryan qui disparaissent dans la forêt, escortés de deux animateurs) JE N'ÉTAIS PAS VENU ARBITRER UNE RIXE DE VAURIENS, MAIS VOUS ANNONCER LA NOUVELLE ÉPREUVE. QUI SERA – QUI SAIT ? – PEUT-ÊTRE LA DERNIÈRE. (Le présentateur s'arrête un instant, comme s'il voulait profiter de l'impact de ses mots sur ses interlocuteurs). QUELLE EST LA QUALITÉ INDISPENSABLE AU FUTUR SAUVEUR DE NOTRE MONDE ?

Amir a bien une petite idée. Mais il n'a pas envie de répondre. Il est convaincu que le Grand Consul et lui n'ont pas la même vision des choses. Faut de l'humour pour tenir le coup dans le monde d'Amir. Dans celui du Grand Consul, dans ce qu'il veut bien en montrer en tout cas, il faut…

– LE COURAGE BIEN SÛR ! JE VOIS QUE VOUS ÊTES D'ACCORD AVEC MOI.

Le Grand Consul explique alors aux candidats qu'ils vont être emmenés chacun dans un coin de l'île. Là, les animateurs qui les escorteront les laisseront seuls.

– EH OUI, L'AVENTURE SE TERMINE, IL FAUT PENSER… À LEVER L'ANCRE ! JE VOUS L'ANNONCE, NOUS RENTRERONS EN BATEAU. LES ANIMATEURS ET MOI-MÊME VOUS Y ATTENDRONS.

Comme par magie – ou parfaite synchronisation d'une équipe vachement au point-, un navire de croisière blanc apparaît à cet instant au large. Le Grand Consul semble l'admirer lui aussi un instant, puis il se reprend :

– CETTE ÉPREUVE EST D'UNE SIMPLICITÉ DÉCONCERTANTE : LE DERNIER À BORD DU YACHT A GAGNÉ ! FIN DE L'ÉPREUVE DEMAIN À L'AUBE !

Oh la ! Ça sent mauvais tout ça ! Le Grand Consul est convaincu que les candidats voudront tous monter à bord avant demain matin. Que va-t-il se passer sur cette île… cette nuit ?

– ATTENTION ! JUSQU'À MAINTENANT, VOUS NE RISQUIEZ À CHAQUE ÉPREUVE QUE L'ÉLIMINATION…

Ou le cou tordu en tombant d'un arbre, la noyade en pêchant des coraux, la morsure de serpents dans une grotte, la crise de nerfs sur un collier de coquillages…

– CETTE FOIS-CI, LE DANGER EST RÉEL. NON SEULEMENT L'ÎLE EST PEUPLÉE – VOUS EN AVEZ FAIT LES FRAIS ! - PAR DES ANIMAUX SAUVAGES. MAIS LA SEMAINE DERNIÈRE, EN RENTRANT À LEUR CAMPEMENT, LES ANIMATEURS ONT TROUVÉ DES TRACES DE FEUX DE CAMP ET… D'OSSEMENTS. NOUS LES AVONS FAITS EXAMINER, IL S'AGIT D'OSSEMENTS HUMAINS. CE QUI LAISSE À PENSER QU'UNE TRIBU PRIMITIVE ET SANS DOUTE CANNIBALE HABITE LES LIEUX. TOUT CELA SEMBLE LOGIQUE, ET EXPLIQUE LA DISPARITION MYSTÉRIEUSE DE L'UN DE NOS TECHNICIENS QUAND NOUS PRÉPARIONS L'ÉMISSION.

Le Grand Consul a annoncé tout cela d'une voix tranquille, comme s'il s'agissait de banalités. Les quatre finalistes, eux, ne l'entendent pas de cette oreille ! C'est du délire absolu, on les jette dans la gueule du loup ! Enfin du tigre ou du cannibale, mais le résultat est le même !

– VOUS SEMBLEZ INQUIETS, MAIS IL N'Y A PAS DE QUOI ! VOUS SEREZ TOUS ÉQUIPES D'UN SYSTÈME GPS QUI NOUS PERMETTRA DE VOUS LOCALISER PRÉCISÉMENT À CHAQUE INSTANT. EN CAS DE DANGER AVÉRÉ – OU D'ENVIE D'ABANDONNER !- (il prononce ces mots dans un rire sardonique), IL SUFFIRA D'APPUYER SUR LE BOUTON ROUGE DE VOTRE APPAREIL ET NOUS VIENDRONS VOUS CHERCHER. BON, ÇA PEUT PRENDRE QUELQUES MINUTES, C'EST VRAI…

Et il peut s'en passer des choses en quelques minutes !

– ET PUIS N'OUBLIEZ PAS QUE NOTRE ÉMISSION EST BASÉE SUR LE VOLONTARIAT. ON NE VA PAS VOUS OBLIGER NON PLUS À JOUER LES SUPER-HÉROS ! CEUX QUI VEULENT RENONCER…

C'est incroyable mais vrai : Romane et Damien ont interrompu le Grand Consul en pleine phrase !

– J'abandonne ! J'abandonne ! J'abandonne ! crient-ils et répètent-ils pour être certains d'être entendus.

Mais le Grand Consul ne leur accorde même pas un regard :

– CELA SE JOUERA DONC ENTRE DEUX ZAPATAUX…

Avant que les animateurs ne les embarquent, Amir attrape Lina :

– Bonne chance ! lui murmure-t-il avant… de l'embrasser sur la joue.

La gentillesse de son ami prend Lina au dépourvu. Mais Willy la presse de se dépêcher. C'est lui qui l'emmène au lieu qui a été fixé pour elle. Est-ce une impression ? Le ciel semble moins limpide à …

… Amir alors qu'il suit Zoé. *Encore cette histoire d'objectif et de subjectif*, se dit le garçon pour se mettre du baume au cœur. Mais en levant les yeux, Amir fait un constat tout à fait scientifique : le ciel est gris. Silencieuse, Zoé marche d'un pas vif. Pour l'instant, elle n'a répondu aux questions du garçon que par des « Oui », « Non », « P'têt ». S'il voulait un dialogue digne de ce nom, il devait poser des questions ouvertes ! Mais pour cela, il aurait fallu qu'il écoute le cours de français sur les questions ouvertes et fermées… On en revient encore à Madame Leclerc. C'est certain, elle ne va pas reconnaître l'élève Amir à la rentrée ! Zoé s'est enfin arrêtée :

– Voilà, c'est là.

Ça aura été sa seule phrase complète du trajet. Elle part sans ajouter un mot. *Cette fois*, se dit Amir, *me voilà vraiment…*

… seule. En quelques secondes à peine, Willy a disparu dans la végétation dense.

– Ne pas paniquer, ne pas paniquer, ne pas paniquer, se répète à voix haute Lina. (Comme si elle s'adressait à une amie invisible, elle continue.) Je vais m'asseoir contre un arbre et attendre que ça se passe. De toute façon, j'ai même pas faim.

Même pas peur, aimerait-elle se convaincre. Lina s'assoie et se relève aussitôt. Pas parce qu'elle a posé les fesses sur une fourmilière, non. Simplement parce qu'elle vient d'avoir une idée. Elle va profiter des dernières heures de jour pour se préparer un petit nid douillet dans un arbre. Et elle va s'endormir. Une nuit de camping, ni plus ni moins. L'important, c'est de s'en convaincre. Comme la fois où…

… Amir avait dormi avec ses cousins sous la tente. Quelle rigolade ! Ils s'étaient juste fichu une grosse trouille quand une ombre terrifiante avait voilé le clair de lune. C'était… leur grand-mère qui venait s'assurer que ses petits chéris ne manquaient de rien. Depuis, ils l'avaient surnommée « Mamy Garou ». À cet instant, caché dans un arbre, Amir aurait aimé deviner dans cette jungle la silhouette rassurante de sa grand-mère. À propos de silhouette, c'est quoi cette ombre là-bas ?

– Y'a quelqu'un ? demande le garçon d'une voix faussement assurée.

Pas de réponse, bien sûr : les cannibales ne doivent pas parler français, Amir aurait dû y penser ! Mais le garçon reste persuadé qu'après son appel, il a vu une petite ombre filer dans la verdure. *Faut que je dorme, faut que je dorme*, se répète-t-il. *Je vais quand même pas compter les moutons…*

… les candidats de l'émission ! Dans l'ordre où elle les a rencontrés. Si Lina se concentre suffisamment sur cette liste, elle oubliera sans doute cet endroit, cette nuit sombre qui arrive. Ces bruits étranges, comme des feulements, qu'elle a l'impression de percevoir depuis quelques temps. À moins que ce ne soient les chants guerriers d'une tribu inconnue…

– C'est rien, c'est mon imagination, chantonne presque la fille pour se donner du courage. Ils ont aucune preuve pour ces cannibales, sinon ils ne nous auraient pas laissés. On le connaît, le Grand Consul, c'était du bluff. Y'a aucun danger, à part peut-être…

… ces bêtes qui avaient avalé leurs réserves. Ce sont peut-être d'elles que proviennent ces étranges bruits. Comme de longs râles. *Ça fait un bout de temps qu'elles ont tout bouffé,* se dit Amir. *Elles doivent avoir faim de nouveau. Non, les producteurs ne laisseraient pas leur futur super-héros se faire manger comme ça. À tout coup, y'a des techniciens planqués dans les arbres qui veillent sur moi, carabines au poing.* Amir se ment et il le sait. Le Grand Consul a bien répété qu'il n'y avait plus qu'eux sur l'île cette nuit. Eux et les caméras. *Faut juste que je dorme…Et plim, on dirait qu'il…*

– Pleut ! C'est de la pluie ! Manquait plus que ça : la première pluie depuis qu'on est là, la nuit où je suis sans toit et… sans ami.

Oh la, Lina devrait peut-être se taire : ses propos l'effraient ! Bizarre quand même ! se dit-elle intérieurement cette fois. Cette pluie ne … mouille pas ! C'est quoi ce truc ? On dirait de la cendre. Comment peut-il pleuvoir de la cendre ? À moins que ce ne soit…

… le volcan ? Non, ce n'est pas possible. Teiki avait bien sous-entendu qu'il n'était peut-être pas éteint. Mais il n'est pas non plus expert. Allez, Amir ne doit pas s'inquiéter. Ça ne doit être que le vent qui balaie le haut du cratère, rien d'important. Il faut dormir. Dormir au milieu des cannibales, des bêtes sauvages, au pied d'un volcan qui se réveille. Faut être fou pour sombrer dans le sommeil dans de telles conditions ! Et pourtant…

– Allez, réveille-toi ! Et vite ! Faut y aller !

Lina ouvre difficilement un œil. Qu'est-ce qui se passe ? Elle est en retard pour le collège ? Elle va louper une épreuve, le Grand Consul est déjà là ? Mais il fait encore nuit… Pourquoi Willy la secoue-t-il comme ça ? Et qu'est-ce qu'il fait là, celui-là ? Ah, oui, l'épreuve…

– Qu'est-ce que tu fabriques ici, j'ai pas appuyé sur le bouton de mon GPS ! articule difficilement Lina entre deux bâillements. (Une fois réveillée, son cerveau se remet à carburer.) Les cannibales ont mangé Amir ? Non… Il a renoncé, j'ai gagné, c'est ça ?

– Non, lui répond un Willy tout étonné. Bien sûr que non, de quoi tu me parles ? Je suis venu te rechercher, Lina, parce que le volcan s'est réveillé. Il faut se sauver de là et vite fait.

Le volcan ? C'était donc bien cela, la pluie de cendres. Et ces grondements sourds ! Vite, il faut…

… déguerpir de là rapidos ! Ça, Zoé a retrouvé l'usage de la parole. En moins d'une minute, elle a réveillé Amir, lui a expliqué la situation, l'a convaincu que non, ce n'était pas un piège pour le faire craquer et perdre l'épreuve, d'ailleurs il entendait bien le bruit, non ? Et il avait senti les cendres, non ?

– Du calme ! Du calme ! la rassure Amir, avec l'étrange sentiment que les rôles sont inversés. On va y aller, on va prendre le zodiac et filer de là vite fait bien fait !

Ce n'est qu'une fois à bord du zodiac, loin des côtes, que Lina retrouve un semblant de calme. Elle aperçoit encore les contours obscurs de l'île, et surtout cette lueur là où se trouve le volcan, comme un mégot géant incandescent. Sans même s'en apercevoir, elle s'est blottie contre Willy qui a passé un bras sur son épaule. De l'autre main, il tient la barre du moteur.

– Allez, c'est presque fini ! la rassure-t-il. Dans deux minutes, nous serons…

À bord ! Amir pousse un long soupir de soulagement en enjambant la rambarde du navire. Une fois sur le pont, il aperçoit au loin cette rougeur diffuse, comme les cendres d'un feu de camp mal éteint. L'image du feu de camp le renvoie une fois encore au camping avec ses cousins ; oui, il veut rentrer chez lui ! Il n'est décidemment pas un super-héros ! Très vite, les animateurs viennent l'embrasser :

– On a eu si peur pour toi ! Mais c'est bon, tu es là !

À cet instant surgit le Grand Consul. Toujours aussi grand, toujours aussi raide, toujours aussi froid, mais il n'impressionne plus le garçon.

– RASSEMBLEMENT ! ordonne-t-il aux animateurs. NOUS AVONS UN GROS PROBLÈME : IL NOUS MANQUE LINA.

Amir a du mal à entendre la suite. Il a l'impression que son cœur va exploser dans sa poitrine…

Non, ce n'est pas possible. Lina n'a pas bien compris. Zoé est une fille fiable. Elle ne peut pas avoir perdu son sang froid comme ça. L'animatrice n'a pas été prise de panique en allant chercher Amir. Elle ne s'est pas enfuie en se croyant encerclée par deux tigres. Elle n'est pas montée seule à bord du canot. Elle n'a pas laissé Amir tout seul là-bas…

Chapitre 24

Lina avait espéré qu'Élie serait à bord. Son élimination ne remonte qu'à quelques heures. Et avec l'éruption volcanique, aucun avion n'a dû s'approcher. Quand elle aperçoit le Grand Consul dans l'embrasure de la porte de sa cabine, elle est franchement déçue. Quelque chose a changé en lui. Peut-être parce que sa chemise est déboutonnée et ses rangers délacées.

– Lina, je voulais te parler en tête à tête, lui annonce-t-il d'emblée.

Même sa voix est différente. Moins imposante. Plus humaine… Le Grand Consul s'approche de la banquette où est allongée la jeune fille. D'un geste rapide, Lina se redresse et replie ses jambes sous elle.

– Tu permets que je m'assoie ?

Voilà des politesses assez inhabituelles chez le personnage… qui n'attend quand même pas la réponse pour s'exécuter.

– Je suis profondément désolé de ce qui s'est passé. Tout cela est si… inattendu ! (L'homme semble étonné par ses propres propos.) Nous devions tester votre courage, pas vous perdre. Oui, il y a des indigènes et des bêtes sauvages sur l'île, mais nous avions tout sous contrôle. J'étais persuadé que tu gagnerais. Ton ami, Amir, il avait de l'humour. Mais pas de cran. (« *Avait* » *? Comment ose-t-il parler d'Amir au passé ?* Le présentateur réalise immédiatement son lapsus.) « A », bien entendu ! La production enverra une équipe le chercher demain, dès la première heure.

Lina sursaute :

– Pourquoi la production ? On va y aller, nous, non ?

– Oh malheureusement non, Lina ! Je dois penser à tous ceux qui sont à bord… J'aimerais attendre ton ami, mais c'est impossible. Le problème ne se limite pas à quelques cannibales ou animaux que nous aurions pu maîtriser facilement. Le volcan, en se réveillant, a provoqué des secousses sismiques. Oui Lina, la terre a tremblé. Nous redoutons une grosse vague, il faut partir !

– Et abandonner Amir ?

– Des secouristes iront le chercher demain. Demain ! (Le Grand Consul baisse soudainement les yeux et poursuit, presque gêné) Lina, ce que je vais t'annoncer est très déplacé mais… Amir ne viendra pas… à bord. Si on respecte le règlement (Comme ce « si » sonne étrangement dans la bouche de cet homme tellement attaché aux règles !), c'est toi la grande gagnante. Oh, je sais bien, ce n'est pas ce qui te consolera en ces moments d'angoisse. Allez, tente de te reposer un peu.

Gagné ? Elle a gagné ? Les mots du Grand Consul résonnent dans sa tête. Les secouristes vont retrouver Amir. Il doit être à l'abri. Depuis qu'ils sont sur l'île, ils n'ont jamais croisé de pygmées. C'est comme les bêtes sauvages ! Korka a bien raconté que Willy avait été comme pris au dépourvu quand elle en avait reparlé. Et si elles n'existaient pas ?

Oui mais le volcan, lui, est là et bien là, Lina ne peut pas le nier. Reste qu'il ne va pas ensevelir l'île en une nuit… À cet instant, un feu d'artifice explose au dessus du cratère. Les langues de feu retombent en pluie, effaçant tous les efforts de Lina pour se rassurer.

– Amir, quelqu'un voudrait te parler au téléphone ! (Tiens, qu'est-ce qu'il a le Grand Consul ? Monsieur Super-Balèze semble aussi abattu par les événements de la nuit.) Ton père a des choses à te dire.

– MON PÈRE ! Vous avez retrouvé mon père !

– Oui Amir. Il nous a contactés dès le début de l'émission. Il est tellement désolé de t'avoir abandonné avant même ta naissance, et si fier de toi. Mais pour l'instant, il a un message à te faire passer.

Le Grand Consul tend un téléphone cellulaire au garçon, qui l'attrape en tremblant :

– Allô ?

– Amir mon fils ! Quelle joie ! Quel bonheur de t'entendre ! Je suis si heureux de te voir bientôt ! Prends soin de toi, mon enfant. Je suis navré pour ton amie, si désolé. Mais il faut penser à toi. Vous allez rentrer, ne t'inquiète pas, les secouristes iront la chercher dès demain.

Oui, Lina fait peut-être la bozoïerie de sa vie . Oh, elle pourrait dire " connerie ", le jeu est fini. Mais, bien calée sur ce zodiac, elle fonce vers la rive pour récupérer Amir. Et utiliser son langage, c'est déjà être avec lui.

Rêver tant d'années de connaître son père et avoir au bout du fil… un tel lâche ! Non, Amir ne va pas attendre tranquillement que des indigènes ou des bêtes sauvages fassent rôtir Lina sur les braises du volcan. Et même si le Grand Consul lui a annoncé qu'il était le grand gagnant du jeu.

Un Grand Consul qui se frotte les mains, sur le pont du bateau. Le timing est parfait. La fille est partie quinze minutes avant le garçon, ils ne vont pas se retrouver dès l'arrivée sur la plage. Avec un peu de chance, les deux

Zapataux vont errer comme des âmes en peine toute la nuit. Voilà de bonnes images en perspective !

Un épais nuage noir s'est abattu sur l'île. On n'y aperçoit même plus le clair de lune. D'un revers de bras, Lina essuie les larmes que lui arrache la fumée. Par où commencer ? Le village ? Oh, non, les huttes sont en feu... Seule la gloriette est encore debout. Dans la lueur des braises, le regard de Lina est attiré par d'étranges marques dans le bois de l'abri du Grand Consul. Comme de grosses griffures. La jeune fille remarque alors les traces au sol : des empreintes animales. De grosses empreintes...

La cascade ? Oui, Amir est convaincu que c'est un bon endroit pour se protéger de la chaleur. Le garçon se précipite vers ce jet où ils se sont douchés, amusés... « Lina ! Lina ! » hurle-t-il, avant que le contact du liquide ne lui arrache un véritable cri de douleur : c'est bouillant ! L'eau est bouillante...

Être rationnelle. Si Willy n'était pas venu, où Lina serait-elle allée ? À la mer, bien entendu. En nageant vers le bateau de préférence. Mais elle n'a rien entendu ou vu en revenant. Pourtant, elle a essayé de tendre l'oreille, malgré le bruit du moteur. Et puis Amir n'est pas un grand nageur, il n'adore pas ça. Partir de l'idée qu'Amir est resté sur terre. Où trouver refuge dans ce cas ? Dans la Zapatutte ? Il n'en reste que des cendres. Impossible de savoir où ces indigènes sont installés ! Par contre, on peut deviner...

… où ils ne sont pas ! Ces cannibales – s'ils existent vraiment ! – n'étaient pas installés dans le secteur où se déroulait l'émission, Amir en est certain. En résumé : la plage, le village et… le campement des animateurs. La grotte où logeait le Grand Consul est l'abri idéal contre les bêtes, les tribus dangereuses et… la pluie de feu. Reste à espérer que Lina est arrivée à la même conclusion. Il le faut !

– Amir ?
– Lina !
– Je t'ai retrouvé !
– Tu plaisantes ? C'est moi qui t'ai retrouvée.
– Mais tu étais perdu…
– Sur cette île, Zoé n'avait pas réussi à…
– Pourquoi tu me parles de Zoé, c'est Willy qui…

Abasourdis, les deux enfants se fixent. Le campement des animateurs où ils se sont retrouvés est intact. Un court instant, ils oublient les bêtes sauvages, les cannibales, le volcan, la fumée et la menace de finir brûlés vifs. Pour mesurer toute l'horreur de leur découverte : on les a manipulés ! Le Grand Consul leur a menti !

– Pourtant il m'a promis que des secours…
– … allaient venir te chercher. Il ne voulait pas que l'on bouge.
– C'est ce qu'il a dit, persuadé…
– Qu'on ferait le contraire !
– Il nous connaît bien.

Une explosion les ramène au moment présent. Il faut partir de là, vite fait !

– Tu te souviens, toi, où t'as laissé ton zodiac ? questionne Lina.

– Non, j'ai pas fait gaffe. Sur la plage où on a sauté le premier jour, je crois. Mais je suis pas certain.

– C'est logique. Si t'y penses, on n'est jamais allés de l'autre côté de l'île, derrière le volcan. Même quand on a fait l'épreuve de force, on a tourné du même côté.

– Et qu'est-ce que t'en déduis ? demande Amir perdu par les raisonnements de Lina.

– J'en déduis que d'un côté, y'a une forêt et une plage qu'on a traversées mille fois. Et de l'autre, une terre inconnue, sans doute les bêtes sauvages et …

– Les Crockipeux !

– Les quoi ?

– Les Crockipeux, les cannibales de « Sauve qui peut ! »

Lina sourit. Elle est la première à s'en étonner, mais au milieu de la nuit dans cette terre soudain inconnue et hostile, elle rit même. Soulageant ses nerfs sous pression depuis l'interruption de la partie de foot par le Grand Consul, elle ne contrôle plus son fou rire libérateur.

– Allez, la reprend Amir. Barrons-nous de là vite fait.

Bonne idée. Sauf qu'il fait nuit et qu'il n'y a pas de pancarte « La plage, c'est par là ». Sans un mot, les deux enfants se prennent par la main. Et ce simple geste leur donne le courage de repartir sur leurs pas. Lentement mais sûrement, ils avancent au milieu des branches, sursautant à chaque grondement du volcan. Ils parviennent au village. Les flammes ont encore progressé, dressant devant les deux finalistes un mur infranchissable.

– On est fichus ! Lina s'effondre à genoux. On ne pourra jamais atteindre la plage.

– Pas par là, mais on va y arriver ailleurs, courage !

« Courage ! » … Comme le mot a un sens différent quand il est employé « pour de vrai » et par pour une chrolaferie d'épreuve d'émission télé.

– D'accord, on y va, sanglote Lina en se relevant.

Retour en arrière. De nouveau la jungle, sombre fournaise. La fatigue et la fumée arrachent des larmes silencieuses à Lina et Amir. La pluie de feu s'intensifie, et des flammes lèchent les feuilles juste derrière eux.

– J'ai pas envie de finir au barbecue ! (Dans la voix d'Amir, la peur et l'humour se mélangent savamment.) On doit trouver un truc, et vite !

– Là ! Lina a hurlé. Là, regarde !

– Quoi ?

Amir n'a pas besoin d'entendre la réponse de Lina. Son regard a aussi croisé ces deux yeux de braise, il a vu la silhouette furtive fuir dans la forêt.

– Un Crockipeu ?

– Sans doute…

– Planquons-nous !

– Suivons-le plutôt. Je suis certaine qu'il nous mettra à l'abri.

– Du volcan, oui, mais pas de sa marmite ! T'as vu ses yeux rouges?

– On va le filer de loin…

Tout en parlant, Lina a saisi le bras d'Amir et s'est remise en marche. Ce qui lui a permis de ne pas perdre la trace de leur drôle de guide. Celui-ci marche du pas assuré de celui qui se repère facilement dans cette végétation dense et enfumée. Il connaît les lieux ! La silhouette les mène… au campement des animateurs. Il s'enfonce dans la grotte du Grand Consul. Histoire de ne pas se retrouver nez à nez avec lui, les deux enfants attendent qu'il ait disparu dans la grotte pour s'y enfoncer à leur tour.

– C'est un bon réflexe, admire Lina. La pierre nous protégera du feu. On n'a qu'à s'arrêter là.

Les deux enfants se collent contre la paroi de la grotte à un mètre à peine de l'entrée et se laissent doucement glisser. Blottis l'un contre l'autre, ils contemplent en silence le spectacle de cette jungle qui brûle. Ils sont près du volcan et pourtant, ils se sentent à l'abri. De la menace extérieure en tout cas. Car ils savent que quelque part dans cette grotte, deux yeux rouges les observent. Une seule seconde, ils ferment leurs yeux pour les soulager. Une seconde qui a dû être plus longue que prévu. Ont-ils dormi ? Les flammes attaquent maintenant le campement des animateurs.

– On ne peut plus sortir ! s'affole Lina.

– Alors il faut entrer ! S'enfoncer dans la grotte.

– Mais… et le cannibale ?

– On n'a pas le choix.

Amir a parlé d'un ton si assuré qu'il en apaise Lina. Elle va lui faire confiance. Au bout de quelques mètres, les enfants se heurtent à un mur.

– C'est la fin ! Y'a plus rien après !

La fin de quoi ? De l'histoire ou de l'abri du Grand Consul ? Amir n'a pas envie d'y réfléchir vraiment. Alors, il se dirige vers la sortie, attrape une branche intacte puis la plonge dans le feu. Grâce à sa torche, il examine les lieux :

– T'as vu Lina ? C'est vide !

– Tant mieux si le Crockipeu s'est sauvé !

– Je te parle pas de lui, je te parle de l'endroit. C'est vide !

– Normal, on est dans une grotte !

– Oui, mais c'était quand même la piaule du *big chef*. Et y'a même pas une natte pour dormir. On étaient mieux logés que lui.

– C'est vrai ça… À croire qu'il dormait pas là !

À la lumière de la torche, les deux enfants se dirigent vers le fond de la grotte. Elle est définitivement vide ! Pas d'homme, pas de traces de campement. Même pas un reste de mousse à raser qui expliquerait le visage parfaitement lisse du Grand Consul à chaque visite ! Qu'est-ce que tout ça signifie ? Dépités, Amir et Lina se laissent glisser contre le mur du fond. Trop d'émotions ! Leurs jambes ne les portent plus. Leurs dos non plus d'ailleurs : que font-ils allongés par terre ? Ça alors, la pierre a bougé, une porte s'est ouverte. La tête collée au sol, ils aperçoivent au plafond… des néons !

C'est ça être mort ? se demande Amir. Mais quand il entend Lina poser à voix haute exactement la même question, il comprend qu'ils sont encore en vie. Ils sont juste… dans un couloir. Un vrai, avec de la peinture aux murs et même des affiches qui rappellent qu'il est interdit de fumer sur l'île. Les enfants se relèvent, hébétés. La pierre de la grotte qui avait bougé, leur ouvrant ainsi le passage, s'est refermée . De ce côté , elle ressemble à une banale porte. Avec juste un miroir collé dessus, et au-dessus, cette inscription : "Animateurs, souriez, vous entrez en scène !".

– C'est quoi cette bozoïerie ?

– Je ne suis pas sûre, mais j'ai l'impression qu'on s'est fait avoir bien plus encore qu'on croyait !

Les deux enfants remontent le long couloir. C'est étrange, il n'est pas droit, mais suit une courbe comme si…

– On longe le volcan ! J'en suis sûre ! Mais comment ça se fait qu'on ne crève pas de chaud ou que ça ne tremble pas ?

– Parce que c'est pas un vrai volcan !

Amir a lancé ça sur le ton de la boutade, mais ses paroles l'effraient : et si c'était vrai ? Après ce qui leur paraît une marche interminable - à peine cinq minutes en réalité - les enfants arrivent devant une deuxième porte.

– On y va ?

– On y va…

La porte ouvre sur… un grand espace bétonné en plein air. Le jour commence à poindre. L'endroit a l'air immense, comme une base militaire. Ce qui étonne le plus les enfants, c'est l'absence absolue de verdure : pas un arbre, pas un coin d'herbe. On est loin des palmiers et de la plage ! Juste quelques préfabriqués, deux ou trois petites voitures style voitures de golf garées et… une nuée de journalistes, appareils photos et micros au poing, qui fond littéralement sur eux !

– Alors les enfants, ça fait quoi d'être les grands gagnants de « Sauve qui peut » ?

– Imaginiez-vous devenir des stars mondiales en vous inscrivant ?

– Amir, l'Académie Française a refusé de faire entrer « bozoï » dans le dictionnaire, vas-tu protester ?

– Avez-vous jamais pensé, pendant l'émission, à vous évader ?

C'est quoi ce gros délire ? Au milieu de cette foule d'excités, un seul visage reste parfaitement passible : celui du Grand Consul. Et comme cette histoire est complètement dingue, Amir et Lina sont… contents de le voir ! Ou tout au moins soulagés, faut pas exagérer non plus…

– Grand Consul, expliquez-nous ce qui se passe !

Vêtu de son éternel treillis bleu, l'homme passe un bras sur les épaules de chacun des deux amis. Il les serre un instant contre lui, mais le geste n'est pas naturel : cet homme n'a pas l'habitude de câliner des enfants.

Le Grand Consul commence sa visite guidée. Devant les journalistes et les caméras, il a retrouvé toute sa superbe ! On est loin du Consul tout confus du bateau.

– OUI, CETTE ÎLE N'ÉTAIT QU'UN CAILLOU CHAUVE QUAND NOUS L'AVONS TROUVÉE ! PALMIERS, PLAGES, LA CASCADE MÊME : NOUS AVONS TOUT INSTALLÉ POUR L'ÉMISSION. INCROYABLE, NON ? BON, ON A EU PEUR QUAND VOTRE AMI TEIKI A ÉMIS DES DOUTES SUR LE VOLCAN. CET ENFANT A FAILLI TOUT GÂCHER ! ENFIN, UNE CHAÎNE DE TÉLÉ LUI A PROPOSÉ DE PRÉSENTER UNE ÉMISSION SCIENTIFIQUE.

– Et là-bas, c'est quoi ? demande Amir, montrant du doigt une large route qui longe la plage.

– ÇA ? C'EST LA PISTE D'ATTERRISSAGE ! DE LAQUELLE PARTAIENT LES AVIONS QUI RAMENAIENT LES CANDIDATS, QUI LIVRAIENT LES PRODUITS FRAIS… ON AVAIT ENVISAGÉ AU DÉBUT D'EMMENER UNE VACHE OU DEUX, MAIS PERSONNE NE VOULAIT ASSURER LA TRAITE !

– Mais alors le parachutage, au début, c'était inutile…

– OH NON ! C'ÉTAIT INDISPENSABLE POUR PLONGER LE TÉLÉSPECTATEUR DANS L'AMBIANCE !

Et le candidat aussi ! Au souvenir de ce saut, Lina frissonne. Le grand Consul les amène maintenant dans un grand hangar où d'étranges machines sont alignées.

– CE SONT LES POSTES DE COMMANDE, POUR LANCER L'ÉRUPTION VOLCANIQUE, LA PLUIE DE CENDRES OU ENCORE LES GRONDEMENTS ANIMALIERS.

– Les Crockipeux, c'était aussi du bluff ?

– QUEL NOM RIGOLO ! LES PRODUCTEURS NE VOULAIENT PAS ME SUIVRE DANS CETTE IDÉE, ILS TROUVAIENT QUE C'ÉTAIT TROP, MAIS ILS N'ONT PAS REGRETTÉ !

À cet instant, à quelques mètres de là, passe un indigène… en grande conversation avec un caméraman.

Les enfants ressortent et aperçoivent deux grandes caravanes. « Loge du Grand Consul », « Loge des animateurs » annoncent les pancartes sur les portes.

– On s'est payé notre malouf pendant toute cette aventure !

Amir a raison, Lina ne dira pas le contraire. Cette surprenante découverte devrait la mettre en rage. Ce qu'ils ont fait, tous ces producteurs de télé, c'est complètement immoral. Dégueulasse même, c'est ça le mot. Le problème, c'est que Lina se sent un peu …

… complice. C'est ça le mot qu'Amir cherchait et qu'il vient enfin de trouver. Ils ont été complètement manipulés. Ils se sont pris pour des supers aventuriers, ils se sont vus rejouant « Sa Majesté des Mouches » (Oui, Amir a étudié le bouquin de William Golding. Bien sûr, avec Madame Leclerc !) et ils se baladaient en fait dans un bac à sable géant. Mais lui non plus n'a pas été réglo. Pourquoi a-t-il raconté aux Zapataux, et par conséquent à tous les téléspectateurs, qu'il avait le meilleur père du monde alors qu'il ne le connaît même pas. D'ailleurs, c'était vraiment lui au téléphone ? Faudra demander à ce chrolaf de Grand Consul. À tout coup, ça aussi c'était…

… une grande supercherie. Ce personnage qu'elle a joué, « Super Lina », toujours gentille, si généreuse, elle, la reine des égoïstes. Alors Lina attrape Amir par le bras :

– J'ai un truc à t'avouer…

– Moi aussi, la coupe le garçon.

Lina écoute Amir, puis lui livre son secret. Sont-ils les seuls à avoir profité de l'émission pour se créer une nouvelle vie ?

– Tu crois qu'on a tous menti ? demande finalement Lina.

Le Grand Consul, qui a suivi leur conversation sans les interrompre, se décide enfin à intervenir :

– Bien sûr que vous avez tous menti ! À votre manière chacun. Vous serez sans doute surpris d'apprendre que ce cher Élie a une vie terriblement banale. Ou que Ryan n'a jamais mis les pieds aux États-Unis. Bravo les enfants, vous avez tous été fabuleux ! Quand je pense qu'on dit que la vérité sort de la bouche des enfants.

Le Grand Consul part d'un grand éclat de rire méprisant. Amir et Lina se regardent. Pas besoin de mots pour se comprendre. Il est temps de parler franchement. Lina attrape la main d'Amir et se dirige d'un pas assuré vers les journalistes.

– Nous sommes en direct ? Tant mieux ! Mon ami et moi aimerions vous raconter notre version de l'histoire…

« Sauve qui peut ! » **Fiche candidat**
N° 98652
Casting : France
Prénom : Lina
Nom : Servais
Signe particulier : enfant brillante et vive. Logique implacable. Beau potentiel.
Avis du jury : fille unique, habituée à voir le monde tourner autour d'elle. Très fort égoïsme qui devrait rapidement la mettre à l'écart des candidats (ce qui est apparemment le cas au collège).

« Sauve qui peut ! » **Fiche candidat**
N° 5468793
Casting : Maroc
Prénom : Amir
Nom : Benfasa
Signe particulier : beaucoup d'humour. Très grossier. Va avoir le plus grand mal à respecter le règlement.
Avis du jury : s'il parvient à rester un peu (gros doutes !), deviendra sans doute le comique de service. A été abandonné par son père avant même sa naissance, en souffre beaucoup, est en grande recherche de reconnaissance.

Épilogue

– Je t'avais bien dit que cette idée d'émission avec des gosses était débile !

– Tu parles, t'as adoré quand je t'ai appelé pour t'en parler !

– Ouais, mais à l'époque tu m'annonçais la meilleure émission de télé-réalité de tous les temps ! Une super audience, des budgets pubs qui explosent…

– C'est bien ce qui s'est passé, non ? On en a ramassé, des millions d'euros !

– C'est vrai ça, pourquoi ça a dérapé comme ça ?

– On avait mal jugé. Les mômes étaient trop forts pour nous. Eh, on a pris des risques comme personne n'avait osé le faire avant nous !

– C'est vrai, faire une émission avec des enfants, fallait oser ! Sont encore plus terribles que ce qu'on croyait…

– Tu peux pas les berner, tu peux pas les manipuler, tu peux même pas les acheter…

– Le pire, c'est la façon dont ils ont contaminé les adultes ! La guerre contre la télé-réalité a été déclarée, y'a plus une émission qui tient.

– Contagieux, les gosses… on pouvait pas imaginer un truc pareil !

Silence…

– Tu crois qu'on va devoir rester là longtemps ?

– Le temps que ça se calme…

– Parce que les réfrigérateurs sont presque vides. Le Grand Consul n'a laissé que des magazines de culturisme dans sa loge. Puis j'ai plus de crème solaire…

– Ta malouf ! On est quand même pas mal sur cette zouli d'île…

Note de l'auteur

Pendant que les Zapataux se démenaient dans les épreuves, Clément, mon filleul, planchait sur celles du bac. Toutes mes félicitations pour ce bac décroché brillamment !

Un clin d'œil très affectueux à Élie. Pour toutes les bozoïeries que tu fais avec mon Thomas. Et parce que ta maman et moi en avons inventé des aventures et des histoires quand nous étions petites. Vous êtes tous les deux de ma famille.

Un grand merci à Jean-Baptiste, expert en serpents corail et autres.

Merci à Cécile, Stéphanie et mon papa pour leurs lectures affectueuses mais attentives.

Un clin d'œil très affectueux aussi à Héloïse, Pauline et Noémie qui ont suivi de près l'écriture de ce roman et m'ont encouragée tout au long de cette aventure

Informations

Pour vous procurer nos livres, obtenir un catalogue, pour toute information, remarque, ou suggestion, retrouvez-nous sur notre site Internet :

http://www.editions-micmac.com

Achevé d'imprimer sur les presses de l'Imprimerie BARNÉOUD
B.P. 44 - 53960 BONCHAMP-LÈS-LAVAL
Dépôt légal : octobre 2008 - N° d'imprimeur : 809095
Imprimé en France